Treasures for Scholars Worldwide

師顧堂叢書

蔣鵬翔 沈楠 編

增廣司馬温公全集

㊂

〔宋〕司馬光 著

廣西師范大學出版社
GUANGXI NORMAL UNIVERSITY PRESS
·桂林·

本册目録

卷七十七　奏議

卷七十八　奏議

卷七十九　奏議

卷八十　奏議

卷八十一　奏議

卷八十二　奏議表狀　笏記

卷八十三　奏議

卷八十四　奏議

卷八十五　奏議

增廣司馬温公全集卷五十八

奏議

進五規狀

保業

惜時

遠謀

重微

務實

進五規狀

臣某幸得備位諫官，竊以國家之事言其大

者遠者則汪洋濩落而無目前朝夕之益陷於迂闊言其小者近者則叢脞委頓足以煩瀆聖聽失於苛細夙夜惶惑口與心謀涉歷累旬乃敢自決與其受苛細之責不若取迂闊之議伏以　祖宗開業之艱難國家致治之光美難得而易失不可以不慎故作保業隆平之基因而安之者易爲功頹壞之勢從而救之者難爲力故作惜時道前定則不窮事前定則不困人無遠慮必有近憂故作遠謀燎原之火生於熒熒懷山之水漏於涓涓故作重微象龍不

足以致雨畫餅不足以療飢華而不實無益於治故作務實合而言之謂之五規此皆守邦之要道當世之切務戇愚陋狂瞽觸冒忌諱惟知納忠不敢愛死伏望　陛下万機之餘游豫之間垂精留神特賜省覽万一有取裁而行之則臣生於天地之間不與草木同朽矣

保業

天下重器也得之至艱守之至艱在昔始受天命之時天下之人皆我所比肩也相與角智力而爭之智竭不能抗力屈不能支然後肯稽顙而

爲臣當是之時有智相偶者則爲二相參者則爲三愈多則愈分自非智力首出於世則天下莫得而一也斯不亦得之至艱乎及夫繼體之君群雄已服衆心已定上下之分明強弱之勢殊則中人之性皆以爲子孫萬世如泰山之不可搖也於是有驕惰之心生驕者玩兵黷武窮泰極侈神怒不恤民怨不知一旦渙然四方麋潰秦隋之季是也惰者沉酗宴安慮不及遠善惡雜糅是非顛倒日復一日至於不振漢唐之季是也二者或失之強或失之弱其致敗也一斯不亦守

之至艱乎臣切觀自周室東遷以来王政不行諸侯多僭分崩離析不可勝紀凡五百有五十年而合於秦秦虐用其民十有一年而天下乱又八年而合於漢漢爲天下二百有六年而失其柄王莽盜之有七年而復爲漢更始不能相保光武誅除僭僞凡十有四年然後能一之又一百五十有三年董卓擅朝州郡瓦解更相吞噬至於魏氏海内三分凡九十有一年合而爲晉晉得天下纔二十年惠帝昏愚宗室構難群胡乗釁濁乱中原散爲六七聚爲二三凡二百八十有八年而合於

隋隋得天下纔二十有八年煬帝無道九州幅裂八年而天下合於唐唐得天下一百有三十年明皇恃其承平荒于酒色養其疽囊以爲子孫不治之疾於是漁陽竊發四海横流肅代已降方鎮跋扈號令不從朝貢不至名爲君臣實爲讎敵陵夷衰微至於五代三綱頽絶五常殄滅懷璽未煖處宮未安朝成夕敗有如逆旅禍亂相尋戰爭不息流血成川澤聚骸成丘陵生民之類其不盡者幾希於是 太祖皇帝受命于
上帝起而拯之躬被甲冑櫛風沐雨東征西伐

掃除海内當是之時食不暇飽寢不遑安以為
子孫建太平之基大勳未集　太宗皇帝嗣而
成之凡二百二十有五年然後大禹之迹復混而為
一黎民遺種始有所息肩矣由是觀之上下千
七百餘年天下一統者五百餘年而已其間時時
有小禍乱不可悉數　國家自平河東已来八
十餘年内外無事然則三代已来治平之世未
有若今日之盛者也今民有十金之産猶以為
先人所營苦身勞志謹而守之不敢失墜況於
承　祖宗艱難之業奄有四海傳祚万世可不

重哉可不慎哉夏書曰子臨兆民懍乎若朽索之馭六馬周書曰心之憂危若蹈虎尾涉于春冰臣願　陛下夙興夜寐兢兢業業思祖宗之勤勞王業之不易揆古以鑒今知太平之世難得而易失則天下生民至於鳥獸草木無不幸甚矣

惜時

夏至陽之極也而一陰生冬至陰之極也而一陽生盛衰之相承治乱之相生天地之常經自然之至數也其在周易泰極則否否極則泰豐亨宜

日中孔子傳之曰日中則昃月盈則蝕天地盈虧與時消息而况於人乎况於鬼神乎是以聖人當國家隆盛之時則戒懼弥甚故能保其令聞永久無疆矣凡守太平之業者其術無它如守巨室而已今有巨室於此將以傳之子孫為無窮之規則必植其堂基壯其柱石強其棟梁厚其茨蓋高其垣墉嚴其関鍵既成又擇其子孫之良者使謹而守之日省月視攲者扶之弊者補之如是則亘千万年無頹壞也夫民者國之堂基也禮法者柱石也公卿者棟梁也百吏者

菸蓋也將帥者牆墉也甲兵者關鍵也是六者
不可不朝念而夕思也夫繼躰之君謹守祖宗之
成法苟不隳之以逸欲敗之以讒諂則世世相承
無有窮期及夫逸欲以隳之讒諂以敗之神怒於
上民怨於下一旦渙然而去之則雖有仁智恭儉
之君焦心勞力猶不能救陵夷之運遂至於顛
沛而不振嗚呼可不鑒哉　今國家以此承平
之時立綱布紀定万世之基使如南山之不朽江
河之不竭可以指顧而成耳適今不為已遲頓足
扼腕而恨之將何益矣詩去我日思邁而月思

征夙興夜寐無忝爾所生時乎誠難得而易失也

遠謀

易曰君子以思患而豫防之書曰遠乃猷詩曰猷之未遠是用大諫昔聖人之敎民也使之方暑則備寒方寒則備暑七月之詩是也今夫市井稗販之人猶知旱則資舟水則資車夏則儲裘褐冬則儲絺綌彼偷安苟生之徒朝醉飽而暮飢寒者雖與之共為編户貧富必不侔矣況爲天下國家者豈可不制治於未乱保邦於未危乎詩曰迨

天之未陰雨徹彼桑土綢繆牖户今此下民或敢侮予孔子曰爲此詩者其知道乎能治其國家誰敢侮之迨天之未陰雨者國家閒暇無有災害之時也徹彼桑土者求賢於隱微也綢繆牖户者修敕其政教也夫桑土者鴟鴞所以固其室也賢俊者明主所以固其國也國既固矣雖有侮之者庸可傷哉臣切見國家邊境有急羽書相銜或一方飢饉餓莩盈野則廟堂之上焦心勞思忘寢廢食以憂之當是之時未嘗不以將帥之不選士卒之不練牧守之不良倉廩之

不實追責前人以其備禦之無素也幸而烽燧
息年穀登明主舉万壽之觴於上群公百官歌
太平縱娛樂於下晏然自以爲長無可憂之事
矣嗚呼使自今已往四夷不復犯邊水旱不復爲
災則可矣若猶未也則天幸安可數恃哉　陛下
何不試以閒暇之時思不幸邊鄙有警飢饉荐
臻則將帥可任者爲誰牧守可倚者爲誰雖在
千里之外使之嘗如目前至於甲兵之利鈍金穀之
盈虛皆不可不前知而豫謀也若待事至而後
求之則已晚矣四夷水旱事之細也抑又有大於是

者　陛下亦嘗留少頃之慮乎詩云維彼聖人瞻言百里維此愚人復狂以喜此言遠謀之難知近言之易行也夫謀遠則似迂似迂則人皆忽之其爲害至憯也而無功身之急爲利至大也而無旦夕之驗則愚者抵掌謂之迂也宜矣　國家之制百官莫得久於其位求其功也速責其過也備是故或養交飾譽以待遷或容身免過以待去上自公卿下及計食自非憂公忘私之人大抵多懷苟且之計莫肯爲十年之規況万世之慮乎自非　陛下惕然遠覽勤而思之日復一

日長此不已豈　國家之利哉此臣所以痛心泣血日夜而憂也昔賈誼當漢文帝之時以爲天下之勢方病大瘇又若蹠盭又類辟且病痱陛下視方今國家安固公私富實百姓樂業孰與漢文盛則天下之病無乃更甚乎失今不治必為痼病陛下雖欲治之將無及已治之之術非有他奇巧也在察其病之緩急擇其藥之良若隨而攻之勿責目前之近功期於万世治安而已矣

重微

虞書曰兢兢業業一日二日万幾幾之為言微也言

當戒懼万事之微也夫水之微也捧土可塞及其盛也漂木石沒丘陵火之微也勺水可滅及其盛也焦都邑燔山林故治之於微則用力寡而功多治之於盛則用力多而功寡是故聖帝明王皆消惡於未萌弭禍於未形天下陰被其澤而莫知其所以然也周易坤之初六曰履霜堅冰至霜者寒之始也冰者寒之極也坤之初六律為林鍾於曆為建未之月陽氣已萌物未知之也是故聖人謹之曰履霜堅冰至言人君者當絶惡於未形杜乱於未成也繫辭曰知幾其神乎君子知微

知彰知柔知剛万夫之望謂此道也孔子謂魯哀公曰昧爽夙興正其衣冠平旦視朝慮其危難一物失理亂亡之端君以此思憂則憂可知矣

太宗皇帝命昭宣使河州團練使王繼恩討蜀平之宰相請除繼恩宣徽使　太宗不許曰宣徽使位亞兩府若使繼恩爲之是啓宦官執政之漸也宰相因請以繼恩之功大它官不足以賞之　太宗怒命宰相特置宣政使以授之　眞宗皇帝欲與章穆皇后及後宮遊內庫后辭曰婦人之性見珍寶財貨不能無求夫府庫者國家所

以養六宮倫非常也今無故散之於婦人非所以重
社稷　真宗深以爲然遂止由是觀之　先帝
以睿明卓越防微杜漸如此之深可不念哉昔
扁鵲見蔡桓侯曰君有疾在腠理不治將深桓
侯不悅曰醫之好利也欲以不疾爲功及在血脈在
腸胃桓侯皆不信及在骨髓扁鵲望之遂逃去
徐福言霍氏太盛宜以時抑制漢宣帝不從及
霍氏誅人爲訟其功以爲曲突徙薪無恩澤
焦頭爛額爲上客故未然之言常見弃及其
已然又無所及夫宴安怠惰肇荒淫之基奇巧

珍玩發奢泰之端甘言悲辭啓僥倖之徒附耳
屛語開讒賊之門不惜名器導僭逼之源假借
威福授陵奪之柄凡此六者其初甚微朝夕狎
翫未覩其害日滋月益遂至深固此知而革之
用力百倍矣伏惟 陛下思万幾之至重覽大
易之明戒誦孔子之格言繼 先帝之聖志使
扁鵲得叅從事毋使徐福有曲突之嘆則可以隆
之於廟堂而德冒四海治之於今日而福流万世
也優游逍遙而光烈顯大豈不美哉
務實

周書曰若作梓材既勤樸斲惟其塗丹雘此言爲國家者必先實而後文也安國家利百姓仁之實也保基緒傳子孫孝之實也辨貴賤立紀綱禮之實也和上下親遠近樂之實也決是非明好惡政之實也詰姦邪禁暴亂刑之實也察言行試政事求賢之實也量材能課功狀審官之實也詢安危訪治亂納諫之實也選勇果習戰鬬治兵之實也實之不存雖文之盛美無益也方今遠方窮民轉死於溝壑而屢赦有罪循門散錢其於仁也不亦

乎本根不固有識寒心而道宮佛廟廣修御
容其於孝也不亦遠乎統紀不明祭器紊乱
而彫繢文物修飾容貌其於禮也不亦遠乎
群心乖戾元亢怨苦而斷竹數黍鼓和古器
其爲樂也不亦遠乎是非錯繆賢不肖混殽
而鉤校簿書訪尋比例其於政也不亦遠乎
姦暴不誅寃結不理而拘泥微愆糾逖細過
其於刑也不亦遠乎行能之士沉淪草野而考
校文辭指決聲病其於求賢不亦遠乎材任
相違職業廢弛而檢勘出身比類資序其

於審官不亦遠乎父大之謀弃而不省淺近之言應時施行其於納諫不亦遠乎將帥不良士卒不精而廣聚虛數徒取外觀其於治兵不亦遠乎凡此十者皆文具而實亡本存而末在譬猶膠板爲舟摶土爲楫敗布爲帆朽壤爲維畫以丹青衣以文繡使偶人駕之而履其上以之居平陸則煥然信可觀矣若以之涉江河犯風濤豈不危哉伏望　陛下撥去浮文悉敦本實選任良吏以子惠庶民深謀遠慮以得安宗廟張布綱紀使天下有歡心移易風俗

使無離愁別白是非使万事歸正誅鋤姦惡使威令必行取有益罷無用使野無遺賢進有功退不職使朝無曠官察讜言考得失使謀無不盡選智將揀勇士使征無不服如是則國家安若泰山而四維之也又何必以文彩之飾歌頌之声聒慰愚俗之耳目哉

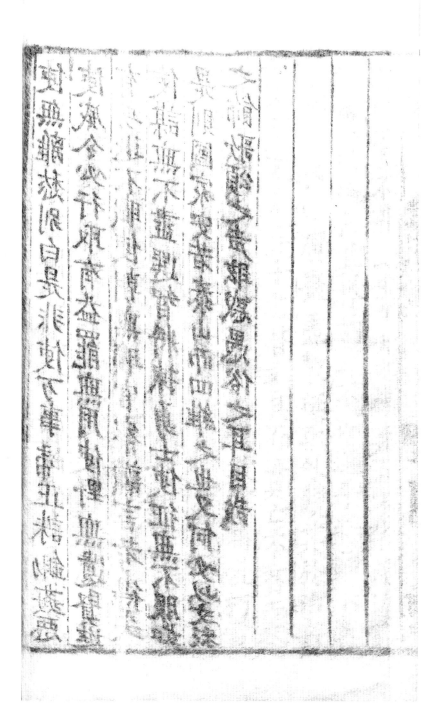

增廣司馬温公全集卷五十九

奏議

爲孫太博乞免廣西轉運判官狀

右臣准勅命差臣昨自滑州簽判就除本州通判

未及半歲今又蒙恩授前件差遣於臣忝冒寔踰涯分供命陳力豈宜復辭嚮若止臣一身崎嶇困苦雖更遠役靡不甘心敢以微誠輕煩 聖聽念臣二親垂白思戀鄉里兩任滑州去家差近迎侍朝夕往來如意早晚供須頗爲私便一日離側倚門致念況復貪榮遠從吏遊其在人子何心自安轉運判官國家近置推擇委任務在得人以臣愚昧恐難堪稱伏惟聖慈詳求幹敏授 此職令臣且充滑州通判終滿一任庶得官政無廢侍養不闕君親之際恩義兩全棄骨單身曷云補報

論張堯佐除宣徽使狀

臣聞明主勞心力以求諫和顔色而受之士猶畏懦而

不敢進又況震之以威壓之以重而望忠臣之至直
言之入難矣臣之不忠言之不直而天下安萬事治
者未之有也臣切見臺諫官屢以張堯佐事上言而
陛下執之益堅拒之益固前日臺諫官等守閤請對
陛下却而不內中外之人莫不駭愕以為異事昔漢
元帝欲用馮昭儀兄野王為御史大夫旣而疑曰吾
恐後世謂吾私於後宮遂不用今堯佐有野王之嫌
而無其才陛下不次用之數年間自朝散郎至宣徽
使雖彼實有可稱天下之人安可家至戶曉使謂
陛下不私後宮哉抑又聞之人有種瓜而甚愛之者
盛夏日方中而灌之瓜不旋踵而萎敗其愛之非不
勤也然灌之不以其時適所以敗之也今陛下貴

用堯佐遠過其分天下已側目扼腕而疾之又復摧
折忠諫以重其罪是正日中而灌爪也臣竊為堯佐
寒心下 陛下獨不為之深思遠慮哉非獨如是而
巳前者臺諫官不得對之曰陰霧冥冥跬步相失寒
冰著木終日不解臣謹按洪範五行傳聽之不聦是
謂不謀厥咎急厥罰常寒又案京房書謂之蒙氣此
皆陰氣太盛壅蔽陽明上下否塞疑惑不決之氣天
意昭然有如教語行道之人皆知其異 陛下性資
純孝嚴恭天命容納直言深明得失此非臣之諛乃
天下所共知也獨柰何以堯佐之故忽天戒而不顧
棄人言而不從輕祖宗之爵禄違古今之明鑒書之
簡策使天下之人有以議 聖德之方一或累於光

勲高大之美此臣所以日夜痛心疾首寢不能安食不能飽深爲　陛下重惜者也臣聞臣之事君猶子事父也豈有父獲大謗於外而子不以告且不諫哉惟　陛下亟召諫臣使竭其所聞采納其言而慰安其意以厭上天之心解外廷之惑闢忠讜之路塞寵倖之門則天下歡然歌誦盛德豈有窮哉昔漢明帝作德陽殿鍾離意諫即時罷之後乃復作殿成謂群臣曰鍾離尚書在此殿不成矣然則明帝非不欲爲殿也所以屈意罷之者欲全諫臣之節而開直言之端也今臺諫官前後言堯佐者數矣　陛下曾不留神省察少爲裁減以慰其心夫人主所欲爲人臣豈能強奪之哉顧自今以往事復有大於堯佐者在列

之臣噤嘿拱手尸禄而已矣此非　朝廷之福也不然羣臣猶朽木、陛下猶雷霆安可以力校哉　陛下察之

論周琰事乞不坐馮浩狀

伏奉　聖旨以鏁廳應舉人周琰重疊用殊字既條制未明試官不申請定奪臣與馮浩各特罰銅五斤放仰荷含貸喜懼無量然臣昨在武成王廟考試之時其周琰所用殊字浩本疑不係重疊用韻由臣愚憒鑒別不精觀琰程試不見所著又據條制但言重疊用韻不云他用韻引而協者非由此堅執輙行黜落鹵莽之罪盡皆在臣今浩與臣一例受罰臣雖無似能不愧心伏望　聖慈特賜矜察與免馮浩責罰

於臣更加嚴譴各得其分誠不敢辭干冒宸嚴臣無
任戰汗激切屏營之至

論麦允言給鹵簿狀（奉旨麦允言有軍功特給鹵簿今後不得為例）

伏見中書劄子古者仲叔于奚有功於衛衛人使之
繁纓以朝孔子曰惜也不如多與之邑惟器與名不
可以假人夫爵位尊卑之謂名車服等威之謂器二
者人主所以保畜其臣而安治其國家不可忽也今
允言近習之臣非有元勳大勞過絶於人而贈以三
公之官給以一品鹵簿其為繁纓不亦大乎　陛下
雖欲寵秩其人而適足以增其罪累也何則三公之
官鼎足承君上應三台鹵簿者所以襃賞元功皆非
近習之臣所當　陛下念允言服勤左右生已極其

言實死又以三事之禮爲之送終鼓吹簫鐃烜赫道路是則揚其僭侈之罪使天下側目扼腕而疾之非所以爲榮也惟　陛下御仲叔于奚之傳垂意孔子之言則知名器之重不可加非其人況唐制群臣於國立大功者婚葬則許給鹵簿餘不在給限伏望

陛下追寢前命其妻允言更不給鹵簿毋使天下之人竊敢指目以爲　朝廷過舉不勝幸甚

劉平招魂葬狀

准密院批送下國子博士劉慶孫等奏狀六月二十三日進呈奉　聖旨送太常禮院詳定聞奏臣等謹按延陵季子曰骨肉歸復于土魂氣無所不之是故

聖人作爲丘壟以藏其形作爲宗廟以饗其神形之

不存葬乎安設令劉平没身虜廷喪柩不返其子不忍封樹之不立哀展省之無所欲虛造棺槨招魂假葬　朝廷下之禮官令檢詳故實自晉世袁瓌賀循等議以為非身無棺非棺無槨苟無喪而葬招幽魂氣於德為愆義於禮為不物當時詔書明有禁約今劉慶孫等所請招魂葬不可聽許所有特見贈官品定謚則乞所司依條施行

論夏竦謚狀

伏覩故贈中書令夏竦以舊在東宫持賜謚文正臣聞大戴禮曰謚者行之迹也行出於己名生於人所以勸善沮惡不可私也臣等叨預禮官謚有得失職所當言不敢隱嘿謹按令文諸謚王公及職事官三

品以上皆録行狀申省考功勘校下太常禮院擬謚訖申省議定奏聞所以重名實示至公也　陛下聖德涵容如天如地哀愍舊臣恩厚無已知竦平生不協群望不欲委之有司槩以公議且將掩覆其短推見所長故定謚於中而後宣示于外臣等謂猶宜擇中流之謚使與行實粗相應者取以賜之亦非群臣所敢議也今乃謚以文正二者謚之至美無以復加雖以周公之才不敢兼取況如竦者豈易克當所謂名與實乖謚與行違傳之永久何以爲法伏以　陛下叡智聰明燭見微遠如竦所爲豈不素聞迺欲以恩澤之私強加美謚雖朝士大夫畏竦子孫方居美仕不敢顯言四方之人耳目炳然豈可掩蔽必曰夏

諫之爲如是而謚文正非以謚爲公器也盖出於天子之恩耳此其譏評國家之失豈云細哉臣等所以夙夜區區不敢避誅戮之辜怨讎之禍狂僭妄言正爲此耳伏乞 陛下留神幸察改賜一謚庶協中外之論以爲万世之法臣等無任懇欵惶懼之至謹具狀奏聞伏候勑旨

論夏竦謚第二狀奉旨改謚文莊

近以故贈太師中書令夏竦賜謚文正輙有奏陳乞賜改更至今未奉俞音臣等竊以凡爲人受禄不必多居位不必高苟當官不言則刑戮之人也是以夙夜惶懼不敢默默伏惟 陛下不以鄙賤而忽其言臣等竊迹謚法本意所謂道德博聞曰文者非聞見

雜博之謂也蓋以所學所行不離於道德也請共其
位曰正者非柔懦苟媮之謂也蓋以詩云靖共爾位
好是正直也今竦奢侈無度聚斂無厭內則不能制
義於閨門外則不能立效於邊鄙言不副行貌不應
心語其道德則貪淫矣語其正直則回邪矣此皆天
下所共聞非臣等所敢加誣也 陛下乃以文正謚
之臣等戇愚不達大體不知復以何謚待天下之正
人良士哉且 陛下所以念竦如此之厚者以竦甞
與爲東宮之臣故也嚮者東宮之臣死而得謚者非
一 陛下未甞親有所定至於竦獨不然豈非知竦
所爲不合衆心邪 陛下必以竦爲正直無疑則何
不委之有司付以公議然則 陛下損覆其短適所

以彰之也　陛下念諫不已則莫若厚撫其家至於謚者先王所以勸善沮惡非供恩澤之具也議者將以謚爲虛名何害如之臣等請試言其害凡國家所以馭臣下者不過禍福榮辱而已若爲善者生享其福死受其榮爲不善者生遇其禍死蒙其辱天下雖欲不治安何可得已若有不令之臣生則盜其祿位死則盜其榮名善者不知所勸惡者不知所懼臧否顛倒不可復振此其爲害可勝道哉虞書曰兢兢業業一日二日万幾孔安國傳曰言當戒懼万事之微夫事之方微治之易絶及其既著誰能治之况天下之人皆知諫爲大邪　陛下雖謚之以正此不足以揜諫之惡而適足以傷國家之至公耳且謚法所以

信於後人爲其善善惡惡無私也今以一旦之故而敗之使忠良儁傑之士蒙美謚者後世皆疑之則謚法將安用哉臣等所以冒犯天威區區不已與人父子爲怨者誠惜國家勸沮大法不可因循虧廢也伏惟陛下憐察少加采擇特依前奏所陳改賜竦謚天下幸甚臣等不勝惶恐待命之至

增廣司馬溫公全集卷六十

奏議

乞御殿劄子

臣切見今月十五日　陛下以服藥不受慰群臣無

不憂疑臣切惟萬乘之主起居動靜繫天下安危況今國家多事之際尤宜深思遠慮若來日聖體全未得安臣不敢言若稍得痊愈伏望 陛下強勉御殿暫見群臣若有奏事久不退者雖諭以近新服藥難爲久坐使之且退亦無所害但使群臣略得瞻望清光則中外之心自然安貼取進止

乞車駕早出祈雨劄子

臣伏見權御史中丞王疇等建言乞 陛下循真宗故事幸謁寺觀祈雨 朝廷雖從其請而講議選日已踰旬浹至今車駕未出衆論狐疑皆云事恐中輟臣愚切以 陛下踐位已踰期年京城百姓未聞屬車之音重以向者聖躬不安遠方之人妄造事端訛

言未息若聞車駕一出則遠近釋然莫不悦喜況今
春少雨麥田枯旱禾種未布倉廩虛竭閭里飢愁
陛下爲民父母當與之同其憂勞祈禱群神豈可晏
然視之不以疚懷況詔命已降流聞四方若復遷延
久而不出則道路之人愈增猜惑不若向時初無此
議也且王者以四海為家故稱乘輿或稱行在今車
駕暫出近在京城之內亦何必拘瞽史之言選練時
日而忘万民朝夕之急殆非成湯桑林周宣雲漢之
意也臣愚伏望　陛下斷自聖衷於一兩日之間車
駕早出爲民祈雨以副中外喁喁之望取進止

乞訪問四方雨水劄子

臣切見陛下近以久旱爲災分命使者徧祈嶽瀆靡

神不舉精誠感通甘雨降集誠中外之大慶然暑日暴雨多不廣遠自切慮四方州縣尚有未霑足之處王者以天下爲家無有遠近當視之如一不可使惻隱之心止於目前而已今者京城雖已得雨伏望
陛下不可遽以爲秋成可望怠於憂民凡内外臣僚有新自四方來者進對之際皆乞訪於彼中雨水多少苗稼如何穀價貴賤閭閻憂樂互相參考以驗虚實既可以開益 陛下聰明日新盛德又使遠方百姓皆知 陛下獨見幽遠無所遺忽銜戴上恩傾心歸附又使州縣之吏皆知 陛下憫恤黎元留心稼穡不敢自恃僻遠殘民害物 陛下一發德音而收此三善非獨可以行之今日亦願 陛下永久行之

誠天下幸甚

乞以假日入問聖躬劄子

臣等切以休假之令蓋憫群臣職事勞苦故因節序使得歸家享祀宴樂盡其私恩今　陛下聖躬雖安然飲膳起居尚未復舊將來寒食節假頓經七日群臣不奉天顔曉夕之心豈能自安欲乞自入假以後每隔日許兩府及知雜御史以上入問聖躬仍乞召兩府入對便殿所貴中外之人盡知　陛下康寧各獲安心取進止

請不受尊號劄子

臣聞王者父母天地子育黎元嚴恭神鬼畏懼災異故能安靖國家饗有多福自生民以來不易之道也

天雖至高，視聽甚近，朝夕不離王者左右，順吉逆凶，應若影響，此乃詩書所載，聖人所言，豈可謂之漠然無知而簡忽不顧哉！臣伏見 陛下踐祚已來，太陽侵色，中有黑子，大風晝晦，冬温無冰，連年大水漂浸廬田，以至今歲災異尤甚，彗星彰見，光燄孔熾，朝東暮西，連月乃滅，飛蝗害稼，日有食之，加之陝西、河東夏秋乏雨，禾既不收，麥仍未種，父子恓惶，流離滿路，西戎内侮，邊鄙未安。當此之際，群臣宜勸導 陛下以祗畏天命，勤恤民隱，克己謙約，求至言以消除變咎，延致善祥，而 朝廷晏然，曾不爲意，或以爲自有常數，非關人事，或以爲景星嘉瑞，更有福祥。今者又有佞臣建議，請上尊號，其爲欺上天、罔海内，孰甚於此是使上帝鬼神佛藝不憚自拜哀己來　陛下嬰此疾疹久而未愈此皆群臣謟諛之罪　陛下豈得不省寤而深思哉臣一不勝區區忘生觸死伏望　陛下自以聖意止群臣所上章表却尊號而勿受更下詔書深自咎責咨謀四方廣開言路求所以事天養民轉災為福之道候聖躬康復政化流通天時豐穰人心悅豫然後推崇徽稱何晚之有如此庶幾上帝收還威怒福祿大來聖躬和平勿藥有喜群生百姓莫不幸甚況　陛下向者郊礼之前辭尊號不受天下稱頌盛德至今未已然則是棄虛名而得實名捨虛美而取實美也於　陛下何損焉臣荷国大恩承之侍從誠見近日群臣皆以言為戒入則拜手稽首

請加鴻名出則錯立族談腹非切笑終無一人爲
陛下正言其不可者臣切痛之臣敢妄進狂瞽惟
聖明采察取進止

乞不受尊號劄子（由是群臣五上表終不允）

臣聞謙德之美尊而益光施之神人無不悦順切見
陛下將有事於南郊群臣循襲故事請上尊號以
陛下叡智聰明徽柔懿恭享茲鴻名云何不可正以
屬者暴雨爲災五稼漂没編户失業呼嗟之聲盈於
道路迄今未息　陛下當此之際正宜深自貶損以
承答天譴慰釋衆心況尊號非古近出有唐　陛下
受而有之不足以褒大聖功推而不居足以發揮盛
德所有群臣上尊號表伏乞陛下拒而勿受仍令更

不得二表此亦區區微誠欲裨益万分之一也取進
止

上禮習疏

月日具位謹昧死上疏尊號皇帝陛下臣以駑蹇
之質再爲諫官陛下寵禄之優責任之重夙夜震
恐不遑寧處思極竭愚忠以報塞万一顧瑣瑣細務
皆不足以煩瀆聖聽切以國家之治亂本於禮而風
俗之善惡繫於習赤子之啼無有五方其聲一也及
其長則言語不通飲食不同有至死莫能相爲者無
它焉所習異也至於古今亦然有服古衣冠於今之
世則駭於州里矣服今衣冠於古之世則侵於有司
矣衣冠爲有是非哉習與不習而已矣夫民朝夕見

之其心安焉以爲天下之事正應如此一旦驅之使去此而就彼則無不憂疑而莫肯從矣昔秦廢井田而民愁怨至莽復井田而民亦愁怨趙武靈王變華俗效胡服而群下不悅後魏孝文帝變胡服效華俗而群下亦不悅由此觀之俗之情安於所習駭所未見固其常也是故上行下效謂之風薰蒸漸漬謂之化淪胥委靡謂之流衆心安定謂之俗及其風化已失流俗已成則雖有辯智弗能諭也強毅不能制也重賞不能勸也嚴刑不能止也自非聖人得位而臨之積百年之功莫之能變卿大夫士之令必行於庶人使天下之勢如身之使臂臂之運指莫不率從詩曰勉勉我王綱紀四方此禮之本也昔三代之王皆

習禮以安故子孫數百年降天之禄及其衰也雖以晉楚齊秦之强不敢暴蔑王室豈其力不足哉知天下之不已與也於是乎翼戴王命以威懷諸侯而諸侯莫敢不從所以然者猶有先王之遺風餘俗未絶於民故也其後日以衰薄下陵上替晉平公之世魯子服回如晉還季孫意如曰晉之公室將遂卑矣六卿彊而奢傲將因是以習習實爲常能無卑乎其後趙魏韓氏卒分晉國習於君臣之分不明故也降及漢氏雖不能若三代之盛王然猶尊君卑臣敦尚名節以行義取士以儒術化民是以王莽之亂民思劉氏而卒復之亦冐雖群盗猶立宗室以從民望王郎矯託名氏而燕趙響應董卓之亂袁紹以誅卓爲名而

州郡瓦合曹操挾獻帝以令諸侯而天下之人疾之也自魏晉以降人主始貴通才而賤守節人臣始尚浮華而薄儒術以先王之禮爲糟粕而不行以純固之士爲鄙樸而不用於是風俗日壞入於偷薄叛君不以爲耻犯上不以爲非惟利是從不顧名節至於有唐之衰麾下之士有屠逐元帥者朝廷不能討因而撫之拔於行伍授以旄鉞其始也取偷安一時而已及其久也則衆庶習於聞見以爲事理當然不爲非禮不爲非義是以在上者惴惴焉畏其下在下者睽睽焉伺其上平居則酒食金帛甘言卑辭以相媚悦得間則銛鋒利刃很心詭計以相屠膾成者爲賢敗者爲愚不復論尊卑之序是非之理陵夷至于五

代天下蕩然莫知禮義爲何物矣是以世祚不永遠者十餘年近者四三年敗亡相屬生民塗炭及大宋受命太祖太宗知天下之禍生於無禮也於是神武聰明躬勤萬機征伐刑賞斷於聖志然後人主之勢重而群臣服矣於是翦削藩鎮齊以法度擇文吏爲之佐以奪其殺生之柄擊其金穀之富選其麾下精銳之士聚諸京師以備宿衛制其腹心落其爪牙使不得陸梁然後天子諸侯之分明而悖乱之原塞矣於是節度使之權歸於州鎮負之權歸於縣又分天下爲十餘路各置轉運使以察州縣百吏之臧否復漢部刺史之職使朝廷之令必行於轉運轉運使之令必行於州州之令必行於縣縣之令必行於吏

民然後上下之序正而紀綱立矣於是申明軍法使自押官以上各有階級以相臨統小有違犯罪者誅死而後行伍之政肅而士用命矣此皆禮之大節也故能四征不庭莫不率服汛掃九州以涉禹之迹至于真宗重之以明德繼二聖之志夙夜孜孜宣布善化銷鑠悪俗以至于今治平百年頑民殄絶衆心咸安此乃曠世難成之業 陛下當戰戰慄慄守而勿失者也臣切見 陛下有中宗之嚴恭文王之小心而小大之政多謙讓不決委之臣下誠使所委之人常得忠賢則可矣萬一有姦邪在焉豈不危甚矣哉古人所謂委任而責成功者擇人而授之職業叢脞之務不身親之也至于爵禄廢置殺生予奪不由己

出不可也洪範曰惟辟作威惟辟作福臣之有作威作福害于而家凶于而國威福之柄一失於人而習以爲常則不可復收矣此明主之所慎也又頃以西鄙用兵權置經略安撫使總一路之兵使以便宜從事及西事已平因而不廢其河東一路總二十二軍州向時節度使之權不能及矣唐始置沿邊八節度亦如是而已以其權任太重故後世有跋扈之臣洛誥曰毋若火始燄燄厥攸灼叙弗其絕言愼其微也又將相大臣典諸州者多以貴倨自恃轉運使欵振舉職業往往故違戾而不肯從夫將相大臣在朝廷之時則轉運使名位固相遠矣及在外爲知州則轉運使統諸州職也烏得以一身之貴庇一州之事轉

運使不得問哉漢刺史以六百石吏督察二千石豈
以名位之貴賤哉又自景祐以來家國怠於久安樂
因循而務省事執事之臣頗行姑息之政於是胥吏
讙譁而斥逐御史中丞輦官悖慢而廢退宰相衛士
凶逆而獄不窮姦澤加於舊軍人罵三司使而法以
爲非犯階級疑於用法朝廷雖特誅其人而已停之
卒復收養之其餘有一夫流言道路而爲之變令推
恩者多矣凡此數者殆非所以習民於上下之分也
夫朝廷者四方之表儀也朝廷之政如是則四方必
有甚者矣於是元帥畏偏裨偏裨畏將校將校畏士
卒士卒姦邪怯懦之臣至有簡省教閱使之驕惰保
庇羸老使之繁冗屈撓正法使之縱恣詆訾稟帛使

之憤惋甘言諂笑靡所不至於是士卒翕然譽之而歸怨於上矣彼既爲之則此效之下既言之則上從之前既行之則後襲之若彼爲而此不効下言而上不從前行而後不襲則怨怒聚於其身而禍乱生矣長此不已日滋月益民之耳目習而安之此有以異唐之季世乎後魏孝明帝時征西將軍張彝子仲瑀上封事欲損武人不預清品羽林虎賁千餘人焚第殺彝父子官爲收捕凶強者八人斬之其餘大赦以安之懷朔鎮人高歡時奉使至洛陽見之歸而散家財以結客曰朝政如此事可知矣於是始有飛揚之志由是觀之紀綱不立則姦雄生心矣祖宗苦身焦思以變衰唐之俗而　陛下高拱熟視以成後魏之

風化臣之所以謂陛下當奮剛健之志宣神明之
德凡群臣奏事皆察其邪正辨其臧否熟問深思求
合於道然後賞罰黜陟斷而行之則天下孰不曠然
悅喜詩曰君子如怒乱庶遄沮君子如祉亂庶遄已
蓋言無所藏否之爲患大也經略安撫使有征討之
事則置之無事則當廢之儻未能變則軍事迫急不
暇奏知者使專之可也其餘民事皆委之州縣一斷
於法或法重情輕或情重法輕可殺可徒可囿可赦
並聽本州申奏決之朝廷何必出於經略安撫使裁
轉運使規畫號令行下諸州違戾不從者朝廷當辨
其曲直若事理實可施行而州縣將恃貴勢故違之
者當罪州將勿罪轉運使將校士卒之於州縣及所

統之官或公卿大臣有悖慢無禮者明晝階級之法使斷者不疑將帥之官有廢法違道以取說於下歸怨於上者當隨其輕重誅竄廢黜公正無私御衆嚴整者當量其才能擢用褒賞如是則上之人難動而下用命矣上之人難動而下用命此所以尊　朝廷也上下已明綱紀已正然後修儒術隆教化進敦篤退浮華使禮義興行風俗純美則國家保萬世無疆之休猶倚南山而坐平原也臣昧死再拜上疏

温公集卷之六十終

卷六十一（原闕）

卷六十二（原闕）

卷六十三（原闕）

卷六十四（原闕）

卷六十五（原闕）

卷六十六（原闕）

卷六十七（原闕）

卷六十八（原闕）

增廣司馬溫公全集卷六十九

奏議

論屈野河西修堡狀

竊以為人臣者事君不避難有罪不逃刑臣先任通判并州軍州事日准經略司牒云云[illegible]多虜所侵臣委

曲[illegible]試本州當職官吏以虜之侵盜爲日已久諭之以理則不肯退縮逼之以兵則動成戰鬬召之重定界至則偃蹇不來春種秋穫無有巳期如何區處可以不戰而得所侵之地其本州官吏爲臣言州城之西臨屈野河自河以西直抵界首五十餘里並無堡障斥堠以此虜得恣耕其田遊騎往往直至城下或過城東州人不知去歲已於河西置一小堡以處斥候之人亦曾申經略司乞於其西增二堡會今春以來虜騎屯聚徧滿河西經略司牒令候西人退散別中取指揮令虜衆盡巳退去自州城以西至大横水浪夾平數十里間絶無一人一騎若乘此際急於州西二十里左右增置二堡每堡不過十日可成比至

虜中再行點集此堡已皆有備虜不能爲害如此則麟州永無侵軼之虞州兵出入有所宿頓堡外先侵之田虜皆不能耕種臣之愚心亦爲國家固争屈野河西田者非少此尺寸之地蓋以虜侵漸至河則麟州孤危果能成此堡以爲麟州耳目藩蔽於事誠便遂歸具以官吏所言白於龐籍籍用臣言即牒麟州分依前申修築二堡仍令精加探候廣設隄備戒諭約束莫非丁寧蓋欲乘間急修故不暇取旨俟報但曾奏知而已不期牒到之後先未興修虜衆已復大集於五月五日彼處兵官引一千許人夜間開門徑往屈野河西前無探候後無策應中無部伍但賫酒食不爲戰備以此逢敵如何不敗遂令所謀之事悉

皆爲於此乃諸將恃勇輕敵臨事無備之所致本非修堡之過況自元昊納欵以來麟州修建堡塞及出兵過屈野河西前後非一雖與虜遇未嘗敗北明知今日之敗在於無備不在修堡與過河也然臣竊聞議者乃以龐籍爲擅修堡塞引惹邊事臣伏自惟省本因臣麟州官吏商量傳道其言達於龐籍籍未嘗身至河西周知利害皆臣愚戇思慮不熟輕議大事當伏重誅今乃使議者悉歸咎於龐籍臣豈敢晏然不言苟求自脫上負聖明死有餘責臣雖小人義不忍爲伏望　陛下察龐籍本心欲爲國家保固疆圉發於忠赤不顧身謀過聽臣言以至於此獨治臣罪以正典刑雖蹈鼎鑊死無所恨干冒宸嚴臣無任戰

仟激切屏營之至

論屈野河西修堡第二狀

右臣先曾奏陳爲麟州修堡事乞獨治臣罪至今未奉朝旨今竊知龐籍移知青州夏倚等各有責降臣伏自惟念昔　朝廷不以修堡爲非龐籍等必不受責昔以爲非龐籍先已指揮麟州罷修此堡因臣至彼見龐籍退散方議再修武戡夏倚等雖違此策因臣彼傳道其言方得遂於龐籍由是言之修堡之事皆臣所致若治其罪臣當爲首今龐籍等先受其責而臣未蒙譴罰臣實內慙無以自處況臣在并州日受經略司牒管句太原司要重公事龐籍凡處置邊事未嘗不詢及於臣采用其説臣亦夙夜竭盡愚慮知

無一言虔愨協心裨補國家有万一之益今乃以智
識淺短思慮不精上爲 朝廷之憂下爲寵籍之累
若復苟求自脫不即大誅是臣以蕞爾之軀爲國家
至平之法罪釁愈重不容於死伏望 聖慈察臣前
後所陳本末事理嚴賜誅譴以正刑書臣不勝幸甚
干冒宸嚴臣無任惶恐屏營之至

修築皇地祇壇奏奉旨作

謹按唐郊祀録方丘八角三成每等高四尺上闊十
六步設八陛上等陛廣八尺中等陛廣一丈下等陛
廣一丈二尺今皇地祇壇四角再成面廣四丈九尺
縱四丈六尺上等高四丈五寸下等高五尺方五丈
三尺陛廣三尺五寸卌平漫無壝大抵卑陋不與禮[illegible]

相應伏以王者父天毋地天地之尊礼相亞埒今圓丘之制極爲崇峻獨於方丘有所闕略未稱國家嚴恭明察之意伏乞下有司依唐郊祀録制度增修庶合典禮

日蝕遇陰雲不見乞不稱賀狀 嘉祐六年五月二十八日上是歲大雨不見日食不復稱賀自後遂以為常

准太常礼院公文司天監奏今年六月朔太陽交食臣伏覩近世以来每有日食之变曆官皆先具月日時刻食分數奏聞至日或為陰雲所蔽或所食不滿分數公卿百官皆奉表賀以為大慶臣愚以爲日之所照周徧華夷雲之所蔽至爲近狹今若太陽虧而有浮陰翳塞雖京師不見四方必有見者此迺天

戒至深不可不察臣聞漢成帝永始元年九月日有食之四方不見京師見谷永以爲沈湎于酒禍在内也二年二月日有食之四方見京師不見谷永以爲百姓屈竭禍在外出臣愚以爲永之所言似未協天意夫四方不見京師見者禍尚淺也四方見京師不見禍寖深也日者人君之象天意若曰人君爲陰邪所蔽災慝明著天下皆知其憂危而　朝廷獨不知也由是言之人主尤宜側身戒懼憂念社稷而群臣迺始相率稱賀豈得不謂之上下相蒙誣罔天譴哉又所食不備分數者曆官術數之不精當治其罪亦非所以爲賀也伏望　陛下明勑有司若六月一日果有日食之異或四方見京師不見或所食不備分

數皆不得奉表稱賀以重皇天之怒則天下幸甚臣職在礼部掌群臣慶賀章表不敢不言

論赦及疎决

竊以赦者害多而利少非國家之善政也虞書曰眚災肆赦怙終賊刑謂過誤有害則赦之恃惡自終則殺之非不擇罪之有無幷殺之也漢大司馬吴漢病篤光武親臨問所欲言對曰惟願陛下慎無赦而已王符亦曰今日賊良民之甚者莫大於數赦贖赦贖數則惡人昌而善人傷矣蜀人稱諸葛亮之賢亦曰軍旅屢興而赦不妄下然則古之明君賢臣未嘗以數赦爲美也國家承順天意子愛百姓發號出令必生至仁然數赦之弊猶未能去又古之赦者其出无

常嚴謹周密不可前知姦民猶抵冒以待之況今國家三年一郊未嘗無赦每歲盛夏皆有踈決猾吏貪縱大為姦利悍民暴橫侵侮善良百千之中敗無一二幸而發露亟皆亡匿不過周歲必遇赦降則晏然自出復為平人往往指望謂之熱赦使愿慤之民憤悒惴恐凶狡之群志滿氣揚豈為民父母勸道沮惡之意哉且踈決之名本以盛暑之際恐囹圄之中有滯積怨結有司不為申理使無告愬故天子臨軒親加慮問平其枉直無辜則赦有罪則誅使久繫之人一朝而決故能消釋沴氣迎致太和非謂不問是非一切縱之也又祖宗之時每歲不過一次踈決死罪以下皆遞降一等近年以來或至再三自徒以下一

切赦之令歲五月以前疎決之令已再行矣此所以
使百職隳慢姦邪恣睢者也今縱未能盡革前弊伏
望陛下特降指揮下中書今後每歲疎決不過一次
或早或晚使外人不可豫期其徒罪仍依舊降從杖
或遇親祀南郊之歲更不疎決永爲定制庶幾爲惡
之人不敢指以自寛而有所戒懼

增廣司馬温公全集卷七十

奏議

論夜開宮門狀
論環州事宜狀
論蘇安靜狀
論李瑋知衛州狀既上公降封所圖
論張田狀
言張田第二狀改知湖州
論張方平第一狀
論張方平第二狀
論張方平第三狀

論夜開宮門狀

右臣切聞今月二十五日十三公主薨其日宮中送殯出城留宮門及城門至夜深方閉物情駭異以爲非宜雖　陛下慈愛至深然門闈之禁不可不嚴若以式律言之夜開宮殿門及城門者皆須墨勑魚符其受勑人具録所開之門并出帳送中書門下自監門衛士將軍以下俱詣閤覆奏御注聽即請合符門鑰監門官司先嚴門仗所開之門內外並立隊燃炬火對勘符合然後開之符雖合不勘而開及勘不合而爲開及不承勑而擅開閉若得出入者剩將出入其刑名輕者徒流重者處絞今以乳兒出殯之故內自禁掖外達郊野諸門洞開如晝日車馬往來絡繹

不絶出入之人無復譏訶有如万分之一姦險不逞之人雜處其間豈可不爲寒心哉伏望　陛下深鑒安危防微杜漸自今宮門殿門城門並須依時門開閉非有急切大事勿復夜開必不得已須至開者即乞　陛下親降手詔加以御寶受勑之人仍寫出入帳委宿衛當上之官衆共驗勑文真的覆奏候再見御批方請門鑰與監門官親自監開依帳閲人數放令出入即時下鎖進納門鑰其宿衛監門官司若不見手勑及御批而輒開者依不承勑而擅開閉律文施行雖有手詔御批不參驗及親自監開點閲人數者依符雖合不勘而開律文施行庶可以養万乘之威尊消姦宄於未萌

論環州事宜狀

右臣切知環州熟戶蕃部屯聚攻劫殺傷兵民雖犬羊之衆人面獸心緩之則驕急之則叛固其常性亦由將吏恩不能服信不能結勇不能斷平居無事則擾之使亂及其陸梁人不能制是使戎狄順服王化則侵掠不安桀驁鴟張則富饒熾大凡邊境所以多事未有不由此也夫以屬國小胡背誕不恭而國家不能擒討使西北二虜聞之豈不益有輕漢之心伏望 陛下特詔陝西不干礙監司體量蕃部所以叛亂之因若果因將吏撫御乖戾所致即乞明行誅責以謝凶民更選良將能吏有方略者使之鎮遏分別蕃部善惡附順者撫而安之以壞散其黨悖逆者討而

誅之使永久慴服不然臣恐其日月浸深罪惡愈重自知不爲朝廷所容將外連西夏内結諸部黨與益衆光猷益大方爲朝廷旰食之憂非特鼠竊狗偷而已也

論蘇安靜狀

右臣伏見　朝廷近除帶御器械蘇安靜充内侍省押班臣切聞國家舊制兩省押班須五十以上方得爲之安靜年未五十特蒙擢用臣恐自今以後内臣求進者援以爲例乃有年齒極少遂居衆首國之舊章由此隳壞切爲朝廷重之伏望追寢安靜前命以存典法

論李瑋知衛州狀既上公主封沂國

右臣切聞駙馬都尉李瑋出知衛州兗國公主入居
禁中瑋所生母楊氏歸瑋兄璋之宅其公主宅祗應
人悉令散遣外議籍籍無不怪愕伏以 陛下始者
追念章懿太后選瑋使之尚主欲以申固姻戚崇貴
其家今以公主之故使李氏母子離析家事流落大
小憂愁殆不聊生豈始所以結婚姻之意哉近者章
懿太后忌日 陛下閱奩中之故物思平生之居處
獨能無雨露之感悽愴之心乎臣愚以為 陛下宜
且留李瑋在京師其公主祗應人等陰作過者遠加
竄逐出外其餘並令如舊儲峙什物皆安堵不移以
俟歲月之間徐以義理曉諭公主庶幾回意易慮率
德遵禮復歸李宅則中外之情無不釋然不然則公

主無復歸李氏之志者則今日致此衆議紛紜煩瀆
聖聽皆由公主縱恣胷臆無所畏憚違君父之命陵
蔑夫家豈可李瑋獨蒙斥逐而公主爵邑請受全無
貶損非所以示天下之至公也

論張田狀

右臣切聞朝廷差屯田員外郎張田充荆湖南路提
點刑獄田之爲人傾邪險薄前知諫院唐介言之甚
詳伏計朝廷已熟知之提點刑獄專按察之柄繫一
方休戚今以傾邪險薄之人爲之誠未見其可况田
向者上自通判資序擢發遣三司判官因罪右遷知
蘄州議者已謂之太優今到任未及三年遂作監司
臣切恐士大夫爭欲効田所爲遷取之捷徑不惟任

使失人却亦敗壞風俗伏望　朝廷寢罷新命更擇端士以代之實遠方吏民之幸

言張田第二狀（改知湖州）

右臣近曾上言張田不可充荆南路提刑未蒙朝廷施行臣切以吏者民之紀綱提點刑獄吏之師帥苟不得其人則一方咸受其弊又况今之朝士自常調進用者皆自此官爲始國家正宜慎擇其人田資性險薄色厲内荏毀譽愛憎威福發其喜怒陵其可陵接其可接真小人之雄傑而時俗以爲賢才夫不善之人天下皆知其不善斯不足疾也惟衆人謂之賢而實不肖者君子疾之昔漢文帝欲以嗇夫爲上林令張釋之以爲嗇夫利口捷給恐天下隨風而靡昔

唐太祖見進士等第怪其無張昌齡王公謹名王師旦曰二人有文無行恐變 陛下風雅今提點刑獄其爲輕重非特上林令與二人等進士之比也臣願陛下必選忠厚方正實有治行者爲之其飾僞行險躁於進取如田比者皆不可用也臣今所言非專爲湖南之吏民亦爲國家重惜風俗伏惟 陛下察其愚衷其荆湖南提刑乞賜别擇人才

論張方平第一狀

右臣伏聞秦鳳路經略安撫使知秦州張方平承信邊人稱西夏點兵侵犯邊境惶憂失廢閉門乘城移牒鄰路索兵自救永興以西軍馬皆被抽發使近境之民轉相驚動秦隴騷然仍飛奏上聞致朝廷憂疑

已而按省皆無事實方平身爲元帥係一方安危舉措施爲衆所瞻倚今乃怯懦輕易一至於此万一邊境實有緊急使方平當之豈不敗事臣切恐戎狄聞之得以闚將帥之淺深益有以輕中國非所以壯皇威鎮殊俗也伏望　朝廷治方平之罪嚴加譴謫更擇明習沉勇之人以代其任庶幾蕃屏得禦侮之人朝廷得以高枕矣

論張方平第二狀

右臣先於今月十四日上言秦鳳路經略安撫使張方平怯懦輕易乞更擇其良將以代其任未蒙　朝廷采納臣聞將者成敗之機安危之本固不可以任非其人今方平舉措輕易震駭一方傳笑天下一不才

之迹章灼如此而朝廷猶掩覆包含一無所問而戎狄聞之皆有窺窬之心吏士覩之皆有輕侮之意是國家重惜方平輕弃秦隴也凡將帥能否君在所知既知其不能而任之如故臣誠愚戇深所未達議者或以爲方平雖失於倉卒然止於過爲備禦若從而罪之恐自今守邊之臣聞有寇至皆不爲備也臣切以爲不然所謂爲備者平居無事之時簡其將帥訓其士卒嚴其壁壘利其器械審其間諜遠其斥堠使朝夕之間常若寇至如是則雖有猛鷙之敵不能犯也万一犯之可以安坐而制之耳何至狼狽如是哉方平在秦鳳路專以貴倨自處下情壅而不通自門牆之外皆可欺也況於兵民之休戚戎狄之情僞方

平安得而知之是以一旦承信虛聲惶惑失據内驚
諸部上動　朝廷此事不責典刑安用臣所以區區
獻言者乃責其方平無備非責其爲備也伏望　朝
廷察臣前後所言治方平之罪謫之遠方以儆封疆
之臣使皆預爲備禦不敢驕傲懈弛如方平所爲也

論張方平第三狀

右臣先曾上言秦鳳路經略安撫使張方平怯懦輕
易乞更擇人至今未蒙　朝廷施行臣聞拓拔亮慶
年齒寖長倡狂好兵常分之外邀求無厭董氊凶悍
狡猾超其父兄朝廷官爵不滿其意頗懷怨懟與契
丹結婚陰相表裏此朝廷所當旰食而憂也秦州居
二虜之交爲陝西四路之首軍馬民夷最號繁富而

以怯懦輕易之人守之是委羔豚於虎狼之蹊也臣切爲國家危之况方平其它材識素無所長止以文辭致位至此姦險貪狠士論共知今不可使之守邊事狀昭然而朝廷掩覆其過曲加保全愛一人而失一方臣切以爲過矣伏望　陛下不以邊事爲細而忽之速治方平之罪嚴加譴責更擇沉勇曉兵之人以代其任必待烽燧之警然後易之則寇已深入矣

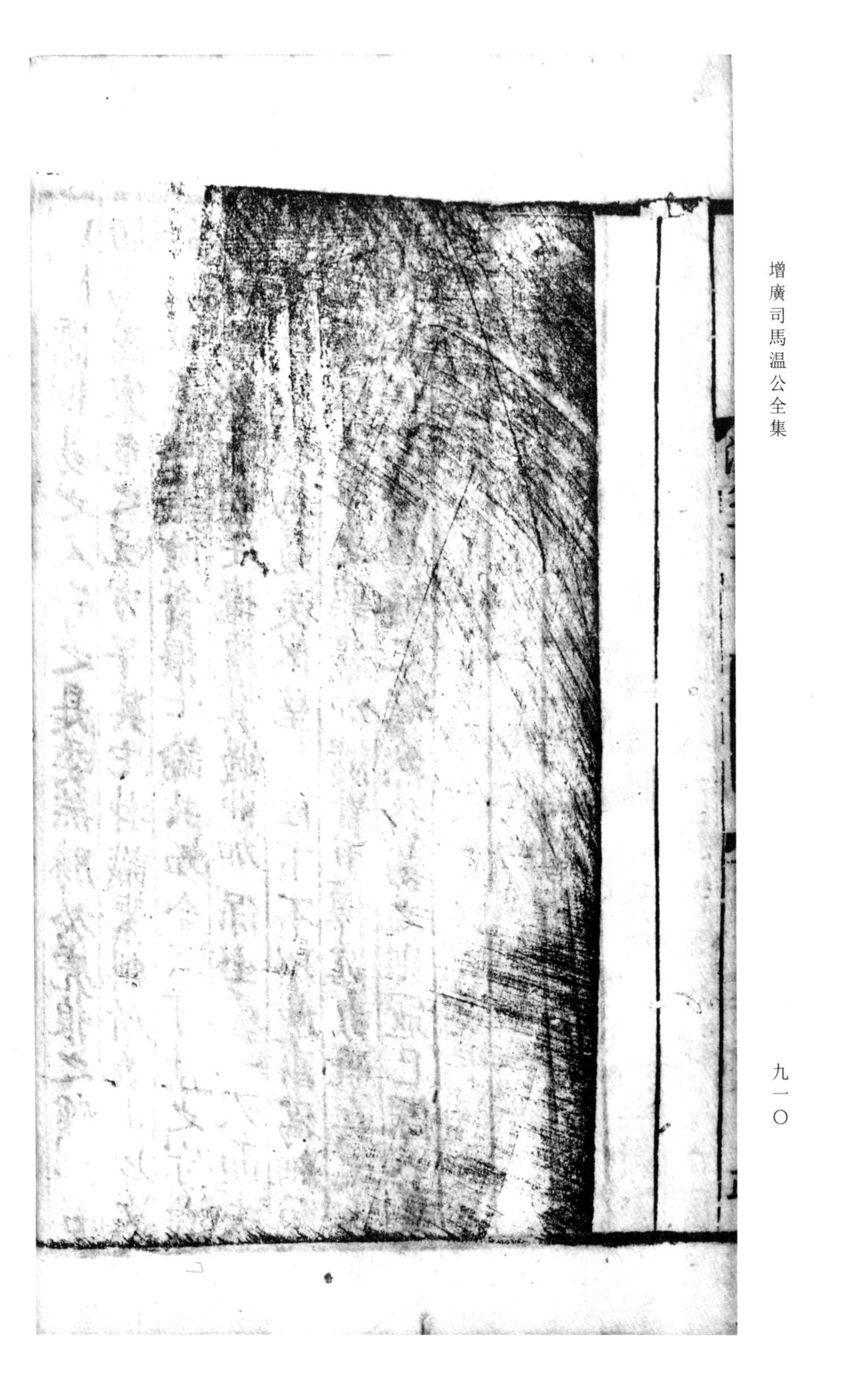

增廣司馬温公全集卷七十二

奏議

論制策等第狀

論諸科試官狀

論兩府遷官狀

論燕飲狀

論以公使酒遺人狀

論上元令婦人相撲狀

論公主宅内臣狀

論制策等第狀

右臣近蒙差赴崇政殿後覆考應制舉人試卷内圓

轍兩号所對策辭理俱高絶出倫輩然轍所對命秩之差虛實之相養者一兩事與所出差舛臣遂與范鎮同議以圓為第三等轍為第四等詳定官以定從覆考坊知初考官以為不當朝廷更為之差官重定復從初考以轍為不入等臣切以國家設此六科本欲取材識高遠之士固不以文辭華靡記誦雜博為賢轍所試文辭臣不敢復言但見其指陳朝廷得失無所顧慮於四人之中最為切直今若以此不蒙甄録則臣恐天下之人皆以為朝廷虛設直言極諫之科而轍以直言被黜則四方以直言為諱其於聖主寬明之德虧損不細臣區區所憂正在於此非為臣以考為高等苟欲遂非取勝而已也伏望　陛下察臣愚心特收轍

入等使天下之人皆曰毡所對事字雖有滀落　陛
下特以其切直收之豈不羨哉

論諸科試官狀

右臣伏見　朝廷取勘諸處發解考試諸科官以所
解之人到省十有九不中者切惟国家本設諸科以
求通經之士有司專以上文下注為問以為弊法切
聞去歲貢院出題官更於弊法之中曲為奇巧或離
合句讀故相違誤或取卷末經注字數以為問目雖
有善記誦之人亦不能對其於設科本意不亦遠乎
是則罪在貢院出題官不在諸處發解官也今之舉人
被黜已非其理又并發解之官亦坐停替臣恐自此
為吏者益務奇巧從學者益弃本源殆非所以省刑

罰隆經術也伏望　朝廷更取本人原處解發上件諸科試卷委官覆考其通粗合格者特與免罪不合格者仍依法坐之仍勅貢院將來科場選擇通經術曉大躰之人充諸科出題官依條出題毋得更如昨來詭僻苛細至如有十人九不中之人然後取勘本處解發考試官依前後條貫施行如此則彼皆無辤于罰論者亦不以為冤矣

論兩府遷官狀

右臣伏見因進用宰臣韓琦等凡兩府之臣盡遷一官臣愚不明大體未識所謂切恐從此相承遂為故事凡公卿者百吏之表率今国家方以百吏冗思革其弊而公卿無故一切遷官將何以使三百赤芾

受爵不讓者有所愧心哉況慶曆中 陛下以數月不雨執政之臣皆降一官以荅天戒今歲日食地震江河汎溢橫流烈風淫雨賊傷五稼四方之民墊溺流餓不可勝紀比於慶曆災害尤衆而兩府大臣無間新舊皆被褒遷殆非所以仰承天心下慰衆人之意也切計大臣當此之時亦必不敢受無名之賞伏望 陛下因其辭讓內惟樞密使副不可以給諫及郎中爲之者依舊制外其餘皆不遷官以恭天臣廉恥之節無使之負謗於流俗則其爲德澤愈厚矣

論燕飲狀

右臣等切見今歲以來災異屢臻日食地震江淮騰溢風雨害稼民多菜色此正 陛下側身克己小自礼

殺樂之聲而道路之言　陛下近日宮中燕飲微爲
過差賞賚之費動以萬計耗散府庫調斂細民況酒
之爲物傷性敗德禹所禁周公所戒殆非所以承
天憂民輔養聖躬之道也　陛下恭儉之德彰信兆
民議者皆以爲後宮奢縱務相誇尚左右近臣利於
賞賚　陛下重違其請屈意從之夫天以剛健爲德
君以正固爲事奈何徇後宮左右之欲上忽天戒下
忘民病中不爲宗廟社稷深自重惜臣等愚惑切爲
陛下不取伏望　陛下當此之際悉罷燕飲安神養
氣後宮妃嬪進見有時左右小臣賞賚有節及厚味
腊毒之物無益奉養者皆不宜數御以傷太和乃可
以解皇天譴告之威慰元元窮困之望保受命無疆

之休天下群生不勝幸甚臣等區區納忠忘死惟

陛下裁察

論以公使酒食遺人刑名狀

臣聞聖王之教尚忠厚而貴愷悌故詩有鹿鳴伐木旣醉行葦美宴好之相樂刺乾餱之失德禮有幣帛饔餼行於邦國贄獻飲酒施於鄉黨是以風俗純和恊氣流通漢景帝詔曰吏受所臨以飲食免重其更議著令丞相廷尉議曰吏及諸有秩受其官屬所監所治所行所將飲食計賞費勿論卓茂爲密令民有言部亭長受其米肉遺者茂曰凡人之所以貴於禽獸者以其有仁愛也鄰里饋遺此乃人道所以相親汝獨不欲修之寧能高遠飛走不在人間耶又告之

以律設大法禮順人情今我以禮教汝汝必無怨惡以律治汝一門之内小者可刑大者可殺也近歲以來中外有司喜以微文刺舉苛細至於燕飲相從酒食相饋皆集累成過誣以峻法向聞知鎮戎軍曹修受鄰州所送公用酒已而自首法官處以贓罪陝西轉運使彭永奏據密院劄子賈漸起請除舊例送酒食外不得買置金帛作風土贈遺并省司參詳今後以公使錢買置珍異等物及見錢送與人者並從違制論其收受人坐贓論其有公使錢人受還荅之物入已准盜論今曹修自陳首雖免書罰尚負贓名使人疑惑乞明立條約朝廷命有司參議至今未決且切詳舊制之意明許以酒食相遺其有公使錢人受

還荅之物正謂珍異見錢今曹修所受止於樽酒隨
而自首以爲刻薄法官又以贓罪加之剖析一條以
爲二事不察人情不顧大躰若朝廷因之遂爲著令
臣恐忠厚之俗益衰媮薄之風遂長百司庶尹無所
措其手足虧損聖朝堂堂之化非細故也臣今所言
非爲曹修除雪贓名欲望朝廷申明舊條應以公使
錢及財物贈遺人及受者各坐贓論其監臨之官受

所監臨或因使於使所及經過處受賂

者並準律文處分即贈遺人而受其還荅入己者准
盜論並須贓滿五疋以上方得科罪其不滿五疋及
以飲食之物相遺餉者皆勿論如此則人情有以相
接貪吏不能爲姦百司有所循守矣

論上元令婦人相撲狀

右臣切聞今月十八日聖駕御宣德門召諸色藝人各進技藝賜與銀絹内有婦人相撲者亦被賞賚切以宣德門者國家之象魏所以垂憲度布號令上有天子之尊下有万民之衆后妃侍旁命婦縱觀而使婦人羸戲於其下殆非以隆禮法示四方也 陛下聖德温恭動遵儀典而所司巧佞獻技以污瀆聰明切恐取譏四遠愚臣區區寔所重惜若舊例所有伏望 陛下因此斥去仍詔有司嚴加禁約今後婦人於街中不得以此聚衆爲戲若今次上元始預百戲之列即乞取勘管句臣僚因何置在籍中或有臣僚援引奏聞因此宣召者並重行譴謫庶使巧佞之人

有所戒懼不敢尊上爲非禮也

論公主宅内臣狀

右臣近聞有　聖旨令召前管句兖國公主宅内臣二人復還本宅臣與楊畋龔鼎臣同有論列以爲非宜未蒙允納臣聞父之愛子教以義方弗納於邪公主生於深宮年齒幼穉不更傅姆之嚴未知失得之理臣謂　陛下宜導之以德約之以禮擇淑慎長年之人使侍左右朝夕教諭納諸善道其有恃恩任意非法邀求當少加裁抑不可盡從然後慈愛之道於斯盡矣比二人向在主第罪惡山積當伏重誅　陛下寬赦斥之外方中外之人議論方息今僅數日復令召還道路籍籍口語可畏殆非所以成公主肅雝

之美彰　陛下義方之訓也臣實憒悒焉　陛下惜之伏望　聖慈察臣愚忠追止前命無使四方指目以爲過舉虧損盛德非細也

增廣司馬温公全集卷七十二

奏議

乞罷陜西義勇劄子

臣傳聞朝廷差遣陜西提點刑獄陳安石於本路人户三丁之内刺一丁充義勇不知虚實若果如此大

爲非便臣切意議者必爲河北河東皆有義勇而陜西獨無近因趙諒祚寇邊欲廣籍民兵以備緩急使之捍禦也臣伏見康定慶曆之際趙元昊叛乱王師屢敗死者動以萬數國家乏少正軍遂籍陜西之民三丁之内選一丁以爲鄉弓手尋又刺充保捷指揮差於邊戍守當是之時閭里之間惶擾愁怨不可勝言耕桑之民不習戰鬭官中既費衣粮私下又須供送骨肉流離田園蕩盡陜西之民比屋彫殘今二十餘年終不復舊者皆以此也其謀策之失亦足以爲戒矣是時河北河東邊事稍緩故朝廷但籍其民以充義勇更不刺爲軍雖比之陜西保捷爲害差小然則國家何嘗使之捍禦戎狄得其分毫之益乎今議

者但恠陜西獨無義勇不知陜西之民三丁之内已有一丁充保捷矣自西事以来陜西困於科調比於景祐以前民力减耗三分之二加之近歲屢遭凶歉今秋方獲小稔且望息肩又值邊鄙有警衆心已揺若更聞此詔下必大致驚擾人人愁苦如康定慶曆之時是賊寇未來而先自困弊也況即目陜西正軍甚多不至闕乏何遽為此有害無益之事以循覆車之轍也伏望 朝廷審察利害特罷此事誠一方之大幸取進止

乞罷陜西義勇第二劄子

臣近曾上言乞罷陜西義勇事未審 朝廷曾與不曾與别為商量臣前次上殿乞 陛下留意備邊所謂

備者非但添兵置馬積貯糧草而已在於擇將帥而修軍政也今將帥不才者未聞有所更改軍政頹弊者未聞有所振舉而忽取腹内州軍之民盡刺以爲兵外人聞之無不駭愕今陝西沿邊正軍動以万數朝廷若能擇有方略膽勇之人以爲將帥使之簡去疲弱選取精銳勤加教習明行賞罰則雖欲取銀夏而稅其地擒趙諒祚而制其命有何所難况但止其鈔盜乎今朝廷不孜孜以將帥軍政爲急而無故籍耕桑之民使之執兵徒有驚擾而實無所用已不知誰爲 陛下畫此策也昔康定慶曆之間朝廷以趙元昊犯邊官軍不利已曾籍陝西之民以爲鄉弓手始者明出勅榜示但欲使之守護鄉里必不刺充正

軍屯戍邊境𮞐猶未収而朝廷盡刺充保捷指揮令於邊州屯戍當是之時臣丁憂在陝備見其事民皆生長太平不識金革一旦調發為兵自陝以西閭閻之間如人人有喪户户被掠號哭之聲弥天亘野天地爲之慘悽日月爲之無色往往逃避於外官中禁其父母妻子急加追捕鬻賣田地以充購賞暨刺面之後人負數頭利其家富百端誅剥衣粮不足以自贍須至取於私家或屯戍在邊則更須千里供送祖父財産日銷月鑠以至於盡其平生所習者惟桑麻耒耜至於甲冑弓弩雖加教閱不免生踈而又資性戇愚加之畏懦臨敵之際得便即思退走不惟自喪其身兼更牽動大陳自後官中知其無用遂大加

沙汰給與公憑放令逐便而惰游已久不復肯服稼穡之勞兼田産已空無所復歸皆流落凍餒不知所在長者至今言之猶有歎出涕其爲失策較然可知足以爲後來之戒而不足以爲法也今朝廷雖云所籍之民止刺手背農隙之時委州縣召集教閱只在鄉里不令戍邊而民間懲往年之事必大興訛言互相驚擾朝廷號令失信前後已多雖州縣之吏徧至民家面加曉諭亦終不肯信逃亡避匿刑獄必繁怨嗟之聲周遍一方足以動搖群心感傷和氣若使分毫有益於國亦無所顧此其有害無益顯然明白近在目前設使教習得成一旦諒祚大舉入寇邊臣不能捍禦而使之深入三輔東過潼關乃欲驅此烏合

村民以拒之不亦難乎此適足以取戎狄之笑而已
伏望　陛下軫念生民深察得失其刺義勇事早賜
寢罷取進止

乞罷陝西義勇第三劄子

臣累日前方聞　朝廷有指揮令陝西揀鄉村百姓
充義勇臣即時有奏劄子言其非便昨日又上殿具
劄子面有敷陳奉　指揮令送中書樞密院商量臣
到中書樞密院方知此事擬議已久勅下本路已近
旬日臣耳目踈淺所聞之後不能先事進言是臣之
罪然臣聞之易曰不遠復無祗悔元吉說命曰無恥
過作非今　陛下勅命已下若遽而止之猶勝於遂行不
顧不可避反汗之嫌而蹈迷復之凶也百姓一經刺

手則終身羈縻不得去人情畏惡不言可知康定年中揀差鄉弓手時元不刺手後至慶曆年刺充保捷之時富有之家猶得多用錢物雇召壯健之人充替今一切坐刺其手則是十有餘万無罪之人永充軍籍不得復爲平民其爲害尤甚於康定之時也臣切料即今陝西之民已狼狽驚憂不聊生矣若 朝廷晏坐而視之曾不閔恤使赤子嗷嗷何所告訴爲民父母者固當如是乎古者國有大事謀及卿士謀及庶人謀及卜筮今籍一路之民以爲兵可謂大事矣而兩府之外朝士大夫固無一人知者一旦勑書既下急如星火嚴如雷霆誰暇問其端倪況敢言其非也臣以備位諫官既聞之後不可畏避死亡不爲

陛下力言之若又弃忽其言不爲改更則是今後
朝廷号令有過誤者終不可復救也如此則恐非國
家之福臣愚伏望　聖慈速賜指揮下陝西路其義
勇見未得揀刺別候　朝廷指揮然後博延鄉士大
夫更熟議其可否果然有利於國無害於民條復行
之何晚之有取進止

乞罷刺陝西義勇第四劄子

臣近日以三次上言乞罷刺陝西義勇事未蒙　朝
廷采納臣欲止而不言則不忍坐視一路之民横受
困苦而自圖一身之安又恐遷延日久則無及於事
是以不敢避斧鉞之誅繼上對奏爲　陛下極陳其
害臣比日以來熟思此事誠於民有世世之害於國

無分毫之利何謂於民有益無害臣切見河北陝西河東自景祐以前無義勇凡州縣諸般承役並是上等有物力戶人支當其鄉村下等之戶除二稅之外無大段差徭自非大飢之歲則溫衣飽食父子兄弟熙熙相樂自寶元慶歷之間 朝廷因趙元昊叛亂契丹壓境遂於三路之鄉村人戶之中不問貧富等第但有三丁之家即於內一丁充弓手及強壯其時西邊事宜尤急尋將陝西一路鄉弓手盡刺面充保捷指揮正軍其河北河東事宜稍緩遂只將鄉弓手強壯刺手背充義勇自此三路之人始騷然愁苦矣其河北河東之民比於陝西雖免離去家鄉戍邊死敵之患然一刺手背之後則終身拘綴或欲遠出幹

事羅賤販貴或遇水旱凶荒欲分房逐熟或典賣盡田産欲浮遊作客皆屬官中非時點集不敢東西又當差點之際州縣之吏無乞覓教閱之時人負教頭寧無歛掠是於當時色役之外添此一般科徭也若果如議者之言無害於民則民皆樂從官中何必更刺手背以防逃竄乎以此觀之義勇爲害於兩路之民也可知矣况陜西於慶曆年中民家已各衰一丁刺充保捷流落不歸今又取其次丁刺充義勇不亦甚乎　朝廷近年分命朝臣遍往諸路减省諸般色役至於弓手壯丁廳子驛子之類州縣所不可闕者亦皆裁减謂之寬恤民力今乃無故一旦刺一路之民十有餘万以爲義勇何朝廷愛之於前而忍之

於後憫之於小而忘之於大乎且今日既籍之後則州縣義勇皆有常數每有逃亡病死州縣必隨而補之則義勇之身既羈縻以至老死而子若有進丁又不免刺爲義勇是使陝西之民子子孫孫常有三分之一爲兵也故曰於民有世世之害也何謂於國無分毫之利　太祖太宗之時未有義勇至於正軍亦不及今日十分之一然而　太祖取荆湖平西川下廣南克江南　太宗取兩浙克河東一統天下若振槁拾遺此豈義勇之力也哉蓋由民政修治軍令嚴肅將帥得人士卒精練故也康定慶曆之間趙元昊負累朝厚恩無故逆命侮慢不恭侵犯邊境　朝廷竭天下之力以奉邊鄙劉平任福葛懷敏之師相繼

覆没士卒死者動以萬數正軍不足益以鄉兵外府不足繼以内帑民力困弊財物殫盡終不能出一旅之衆涉歐脫之地以討其罪而不免含垢忍耻假以寵名誘以重賂僅得無事當是之時三路新置鄉兵共數十万何嘗得一人之力乎以此觀之義勇無用固可知矣賈誼有言曰前車覆後車戒康定慶曆覆戎之策國家當永以爲戒今乃一一檢當時躲例而行之是後車又將覆也有難臣者必曰古之兵皆出民兵可用於今乎臣則對曰三代之時爲井田之法以出士卒車馬居則爲比閭族黨州鄉行爲伍兩旅帥軍爲之長者皆卿大夫也唐初府兵各有營府不屬州縣有將軍郎將折衝果毅以相統攝是以令下

之曰數萬之衆可以立具無敢逃亡避匿者以其編紀素備故也今鄉兵則不然雖有軍員節級之名皆其鄉黨族姻平居相與拍肩把袂飲博鬬毆之人非如正軍有階級上下之嚴也若安寧無事之時州縣聚集教閱則亦有行陣旗鼓關弓蹶弩坐作叫譟真如可以戰敵者彼若聞胡寇大入邊兵已敗邊城不守胡騎殺掠蹂踐卷地而來則莫不迎望風聲奔波迸散其軍員節級將鳥伏鼠竄自救之不暇豈有一人能為縣官率士卒而待寇乎以臣觀之此正如兒戲而已安有為國家計騷擾一路之民使之破家失業而為兒戲之事乎臣故曰於國無分毫之利也凡此利害之明有如白黑伏望陛下不以臣愚賤而

忽其言少留聽察其陝西義勇事早賜寢罷則一方幸甚取進止

乞罷刺陝西義勇第五劄子

臣近者已曾四次上言乞罷刺陝西義勇別有利害極甚懇惻終未蒙省察方今陝西一路之民小大遑遑如在湯火之中而朝廷晏然略無拯救之意臣職在箴諫安可塞默不敢廣有援引以煩　聖聽請以目前顯察之言今建議以義勇為便者必曰即日河北不用衣糧而得勝兵數十萬皆教閱精熟可以戰敵又兵出民間合於古制臣請言其然彼數十萬者虛數也教閱精熟者外貌也兵出民間名與古同而實異也何以言之河北河東州縣既已承朝廷之意

各揀刺義勇以求數多以帳籍言之誠有數十万之
衆矣若万一胡寇在近急欲點集之時則一人不可
見矣豈非虛數乎平常無事州縣教閱之日觀者但
見其旗號鮮明鉦鼓備具行列有序進退應節即歎
羨以爲真可戰敵殊不知彼皆隊舞俳戲之類若聞
胡寇之來則瓦解星散不知所之矣豈非外貌乎古
者兵出民間民耕桑之所得皆以衣食治家故處則
富足出則精銳今既賦斂農之粟帛以贍正軍又籍
農民之身以爲兵是一家獨任二家之事也如此民
之財力安得不屈豈非名與古同而實異乎以臣愚
見河北河東已刺之民猶當遣放況陝西未刺之民
乎　陛下欲知利害之實何不試召建議者而問之

曰河北河東自置義勇以来胡寇凡幾次深入至腹内州軍用義勇拒戰而胡敗退今既有義勇之後三路正軍皆可廢而不用乎若果然胡寇深入因得義勇之力而敗退今来刺義勇之後正軍皆可廢罷此乃萬世之長策也願 陛下行之勿疑若自置義勇以来未経軍陣敵使用今来雖有義勇正軍亦未可廢罷則何忍以十餘萬無罪之赤子盡刺以爲無用之兵乎天生聖君以爲民也民今如此 陛下豈可全不爲之動心乎臣之所言盡於此矣 陛下若以爲稍有可采即乞早降指揮下陝西令罷刺義勇以救一方之民若以爲勑命已行不肯遽改即乞且刺手背候邊事寧息依舊放散則民有一時塗墨之勞

猶免終身羈縻之苦若以臣所言皆孟浪迂闊不可施行則臣之智識愚闇無以勉強變更不可以在諫諍之列伏望 聖慈時賜降黜别擇賢才而代之取進止

乞罷刺陝西義勇第六劄子

臣昨日上殿爲言乞罷陝西義勇事 陛下宣諭臣以爲命令已行臣退而思之不勝鬱悒終夕不寐深痛 陛下此言之失臣按周易復之初九曰不遠復無祗悔元吉祗大也蓋言人誰無過雖聖賢亦不能免然聖賢皆不遠而復故雖有小悔不至於大而終保元吉也其上六曰迷復凶有災眚用行師終有大敗以其國君凶至于十年不克征蓋言失之已遠迷

而不復無事不凶而人君尤甚故孔子贊之曰迷復之凶反君道也自古聖明之君聞一善言而立爲之變更號令者多矣不可悉數惟近歲大臣自知思慮不熟號令已失無以抑奪臺諫之言則云命令已行難以更改此乃遂非拒諫之辞　陛下新臨大政當求善無厭從諫如流之時而亦有此言天下將何望焉且唐室以前諫議大夫拾遺補闕皆中書門下省屬官日與中書令侍中侍於天子之側議論大政苟事有闕失皆得隨時規正今國家凡有大政惟兩府大臣數人相與議論深嚴秘密外庭之臣無一人知者及　詔敕已下然後臺諫之官始得與知或事有未當須至論列又云命令已行難以更改則是國家凡

有失政皆不可復救也如此豈惟愚臣一人無用於
時諫諍之官皆可廢也以臣所見但當論其事之得
失言之是非不當去命令已行不可改也今陜西一
路之民小大遑遑正如湯火之中若忽得 朝廷指
揮云所有義勇且住揀刺其已刺手背者並給與公
憑放令逐便是得出湯火之中死而復生也其誰不
歡呼鼓舞感戴 聖德豈有一人去命令已行不當
復改邪 陛下萬民之父母万民 陛下之赤子豈
有父母誤墜其子於井曰吾已誤矣遂忍不救邪昔
舜稱堯之德曰用人惟已改過不吝臣願 陛下勿
以先入之言爲主虛心平意以察臣前後五次所言
果是與非若其是歟即乞早降指揮罷刺陜西義勇

者其非欤即乞如目前来所奏特賜降黜别擇賢才
而代之所有命令已行之言伏望陛下自今永以
爲戒不可使天下聞之塞絶善言之路也取進止

增廣司馬温公全集卷七十三

奏議

臣伏見舊醫官宋安道等四人昨以侍　先帝醫藥無狀降授諸州散官尋以　陛下聖體不安大臣憂恐權令安道等診候至今已百有餘日　陛下聖體終未平復安道等方術無驗較然可知而其人皆得罪於　先帝臣謂　陛下不宜赦其罪使留在京師並乞發遣令赴貶所僧志緣本不曉醫但以妖妄惑人於江淮之間稱是診人六脈能知災福今知出入禁庭竊忝章服察其療病實無所益伏乞奪去紫衣放歸本州凡用醫之道在謹擇其人而專任之然後良工得盡其術而功效可聞今診　御脈者常以十數工拙相雜是非渾殽發言進藥更相循伏前卻後擁左瞻右顧雖俞扁之術將安所施於是強者自專

弱者附會比周共爲誣罔不顧　聖體但爲身謀俱云脉氣平和臟腑無疾然而傍側衆人切觀形證豈得爲安寧復舊如醫官所言哉日月愈深根抵愈固四海憂畏焦心墜淚臣愚伏望　陛下思一身之安危繫群生之禍福深自重惜不可因循博訪京邑四方通醫術者精擇二人使之專診　御脉聽用其言服食其藥若旬月之間全無應效則斥去不用别更擇人如此則得良醫痊復有日臣不勝區區伏望聖慈少加采察天下幸甚取進止

言醫官第二劄子

臣先曾上言以醫官宋安道等診候　御脉日久方術無驗乞行降黜別擇良醫使專其事考其功效以

行賞罰自後宮然莫不聞　朝廷施行臣以為　聖躬已安不復敢言今覩　陛下不親盧蔡乃知疾亦殊未痊平臣子之心　何以自安臣切聞安道等每奏皇太后及語大臣皆云　陛下六脉平和體中無疾今乃疾狀如此安道等不惟方術無效論其面謾之罪亦宜誅殛矣且安道者侍　先帝疾至於今日而猶免於貶竄但其無所懲誡不肯盡心也臣不知朝廷何意再三惜此數夫不為国家正賞罰之法快天下之志也夫以四海之廣捨此數人之外豈無良醫患在上之人不求求而不得得而不使使而不專故也臣亦聞嚮者　朝廷醫官人皆委近臣試以難經素問考其通粗取格者以為侍醫亦有不試而使

與妥道雜處共事者夫良醫由性識敏達以平生所治之人考其得失探其精粹得之於心未必皆讀古書也亦猶誦詩書者豈盡能治民讀孫吳者豈盡能行兵今以難經素問試是徒得記誦之人未嘗得醫人也妥道等久在醫局專利忌前亦結貴近更相黨庇使外方新進醫人與之共處豈敢展其智膽施其方術哉是以一槩渾同而久不見功也今若精擇一人使之專診御脈旬月之間考其應驗有功則加以重賞無功則竢以嚴刑則術精者得盡其力術疏者不敢濫進矣臣又聞病人能自知其病者未甚病也憎良醫而不受者病在内拒之也今切聞陛下不妥如此而常自謂無疾則病已深矣醫者有良藥而

陛下不服則已爲病所拒矣若　陛下不早覺寤而更求名醫強進良藥縱　陛下不自惜奈宗廟社稷何此臣所以痛心疾首前有鼎鑊而不敢避者也伏望　陛下察臣兩次所奏罷黜醫人有罪無功者召募四方名醫委大臣精選一人使之專診御脉聽用其言服食其藥以旬月之期察其能否如前所云以保養聖神爲天下生民之福取進止

言內侍差遣上殿劄子

臣向時上殿伏見　陛下宣諭以內臣差遣並一切委之都知司臣當時已曾奏陳以爲非便今入內內侍省都都知任守忠恃此權勢背公向私奉之者坐獲進擢忤之者立致排擯威福之柄盡在其手遂使

宮禁之中畏憚其人過於人主罪盈惡積幸賴　陛
下神斷已斥而去之然儻不收還威福之柄則是去
一守忠生一守忠終無益也臣愚伏望　陛下自今
已後除內臣常程差遣依舊令都知司定差外其句
當御藥院內東門龍圖天章閣後苑化成殿延福宮
等處及非時差管句裏外要切公事之人並乞　陛
下親加選擇試之以事觀其爲人忠謹有功者則加
賞拔姦邪不職則加黜退不必一一勘會資序檢尋
躰例如此則誰不懷德畏威輸忠竭力豈獨內臣而
已雖外朝之臣亦可用此道而治也取進止

言高若訥劄子

臣聞古人有言堂上不糞則郊草不生瞻聽並言近

者不治則不暇及遠也切見句當御藥院高居簡貪
性姦回工巧善候久處近職罪惡甚多臣謹按祖宗
舊制句當御藥至內殿崇班以上即須出外蓋以日
月寖久官資稍高則須防其憑恃威靈竊弄權柄遠鑒
漢唐之禍深為子孫之慮也 陛下即位之初內臣
以覃恩遷官者盡補外職獨留御藥院四人天下首
以此事謂 陛下之失況居簡於衆人之中最為姦
猾而 陛下特加寵信待以腹心中外指目大玷聖
德臣職在繩糾不敢不言伏望 聖慈遵祖宗令典
應句當御藥院官至崇班以上者盡授以向外差遣
其居簡乞遠加竄逐以解天下之惑取進止

言高居簡第二劄子

臣近曾上言句當御藥院高居簡工讒善佞乞遠加竄逐未蒙施行昔周公以立政戒成王至虎賁綴衣趣馬小尹左右攜僕百司庶府亦皆擇人穆王命伯冏爲大僕正曰昔在文武侍御僕從罔匪正人又曰慎簡乃僚無以巧言令色便辟側媚其惟吉士僕臣正厥后克正僕臣諛厥后自聖二帝明王雖左右小臣未嘗不謹擇端良之人以自防逸豫之生也況陛下嗣膺寶命聖德惟新善惡興衰於此乎分而使讒佞如居簡旦夕嘗在左右又寵而信之此乃異日禍亂之根腹心之疾也臣職在去邪不敢不再三上言伏望聖明依祖宗舊制應句當御藥院官三至崇班以上者並令外任其高居簡仍乞遠加竄逐取進

上

言高居簡第三劄子

臣近曾兩次上言句當御藥院高居簡工讒善佞乞遠加竄逐至今未蒙降出施行居簡頃在先朝巳竊弄權柄依憑城社玷辱　聖明物論洶洶切齒側目及　陛下繼統必謂首行誅竄以謝羣臣不意居簡狡猾多端自結於　陛下使陛下寵愛信任更過於先帝之時朝廷公忠之士無不憤懣深為　陛下惜之方今內侍之臣小心謹慎可以備　陛下左右使令者何可勝數　陛下足以擇而用之何必違祖宗舊典負天下譏謗獨保護居簡堅如金石臣切惑之伏望　聖慈取臺諫官前後所言居簡文字盡付所

司明治其罪以彰至公之義慎合衆心其餘句當御藥院者亦乞遵舊制官至内殿崇班以上並授以向外差遣取進止

言高居簡第四劄子

臣累日前上殿言句當御藥院高居簡自先帝時竊弄權柄 陛下復寵而信之太爲 聖德之累乞治其罪 陛下許臣送樞密院施行至今未聞有指揮不知居簡以何道結 陛下能如此之深也居簡所能止於讒佞佞者不過巧言令色希意迎合使人主溺於荒宴而不自知也讒者不過離人君臣間人骨肉惑人君之心以固其恩使人主陷於傾危而不自寤也有是二者又何近乎向使 陛下即位歲久功

業已成而有説使之臣始得幸天下有識者猶當寒心何則知其必爲禍亂之階也况今初承大統當銳精求治之時而遽留居簡於左右仍加寵信根蔕已牢則異日之憂可勝道哉此臣所以不避死亡而必當力諍者也或聞 陛下欲待居簡自求引退然後遣去臣誠贛愚未曉所謂若國之大臣耆年有德聞望素高一旦偶有小失未爲外人所知 陛下務存終始使自引去以全其名則可矣若其挾姦作慝者猶宜明正刑書况居簡閨闥小臣罪惡盈積所宜肆諸市朝宣示四方以戒儉人而尚足爲之隱乎且居簡姦邪播聞遠近 陛下今日雖爲之隱天下耳目庸可蔽乎凡居簡所以能爲惡者以其自託宫禁譬如

狐鼠依憑城社彼惟恐離去左右豈肯自陳求退乎

伏望 陛下盡出群臣前後所言居簡事狀送居簡付所司明治其罪以彰至公之道取進止

言高居簡第五上 殿劄子 當日罷居簡御藥除宮備庫使

臣聞邪正不可同朝猶冰炭不可同器 陛下不知臣不肖使待罪御史中丞臣四次上言句當御藥院高居簡工讒善佞不宜寵信置於左右所言無取不蒙省録臣實無顏尚居風憲若 陛下以臣爲拙直則居簡爲姦邪若以居簡爲忠良則臣爲讒慝臣與居簡勢難兩留況臣守官京師已有一年自先帝時累曾陳乞外任伏望 聖慈罷臣御史中丞除一外任差遣取進止

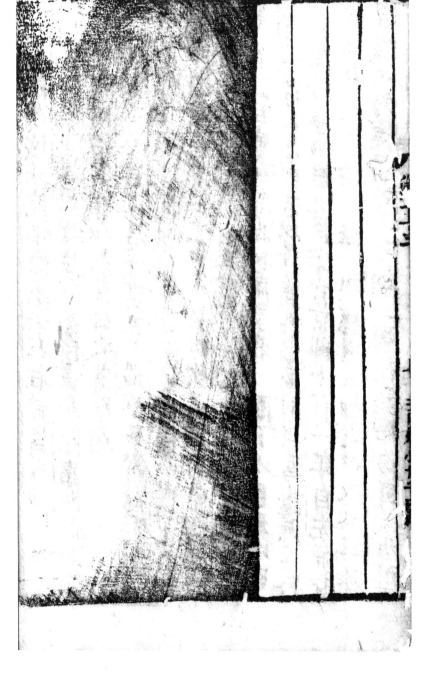

增廣司馬溫公全集卷七十四

奏議

言王中正第一劄子

臣伏見　陛下前者盡罷寄資内臣高居簡等令補外官中外欣然無不稱頌　聖德尋聞復留陳承禮

劉有方二人又以王中正句當御藥院衆頗失望臣切惟祖宗之意以御藥一職最爲親密供奉官以上輒令罷去者乃以防微杜漸詒謀萬世憂深思遠誠自古帝王之所不及子孫所宜謹守不可失墜者也近歲以來左右之臣既竊權勢亦貪禄位遂求閤理次序預支俸給名曰寄資以欺誑外人此豈祖宗之意邪今 陛下欲振舉紀綱一新治道必當革去久弊一遵正法人法如堤防常憂完固乃得無患一有蟻壤泄之則漸致潰敗不可復救近習之臣朝夕在側因緣祈恩無有窮極不可一一以祖宗舊法制之恐陛下它日亦將厭之也況王中正素聞姦猾頗好招權今處之要職是去一居簡得一居簡也伏望 陛

下一依前降指揮盡罷寄資具者令補外官以成　聖德之美別擇内供奉以下糾直廉謹者使句當御藥院以存祖宗之法取進止

言王中正第　劄子

臣切聞　陛下好令内臣訪外事及問群臣能否臣愚切以爲非宜　陛下内有兩府兩制臺諫外有提轉牧守皆腹心耳目股肱之臣也　陛下誠能精擇其人使之各舉其職爲拔賢能糾姦慝論政事得失述民間利病者則令以奏牘明白啓陳其有尸禄偷安及挾私欺罔者小則罷黜大則誅竄誰敢不盡公竭誠以承休德如此則天下之事如一堂之上　陛下何患於不知哉今若深處九重之内詢於近習

之臣采道聽塗說之言納曲躬附耳之奏不驗虛實即行賞罰臣恐讒邪得以逞其愛憎而　陛下爲之信其譏謗乎近聞王中正差往陝西句當事有知涇州劉渙等曲加承奉鄜延路鈐轄吳舜臣違失其意俄而渙等進擢舜臣降黜衆人皆言中正所爲審或如此則是中正弄權已有明驗今　陛下又置之肘腋委以腹心臣恐天下之人將重足一迹而畏之輿金輦璧而奉之矣外議又言山陵禮畢韓琦必求引退兩府當有遷補臣切慮兩制以上萬一有無廉恥之人或陰結此屬以求進用者夫以堯之聰明咨于四岳衆言僉同然後用人猶失於鯀况可史於近習之口乎凡公忠正直之士必不肯借譽左右以求自

會齊威王所以賞即墨大夫而烹阿大夫正謂此也昔漢唐之衰宦官所以能壞亂紀綱傾覆國家者皆由人主與之謀議幃幄進退群臣故也此乃治亂安危之本不可不察伏望 聖慈詳擇斯言凡欲知天下之事當詢訪 朝廷之臣其王中正不可令句當御藥院或差使之臣預聞機謀以經營兩府者必不可用則天下幸甚取進止

言王中正第三劄子

臣伏奉手詔節文問王中正等事得之於何人可密奏來臣以小才誤受 陛下聖知擢爲御史中丞惟懼曠職辜負大恩每與賓客語言無不詢訪時事稍有毫髮裨益以德者皆奏陳此事臣得之於賓客前

後非止一人所説恐玷累公朝所以有此論述中正有
無此語惟 陛下可以知之臣在闕門之外何由知
其虛實若其果有此事 陛下得以爲戒若其無有
臣故避妄言之辜但外人有此議論臣不敢不令
陛下知之萬一有益 聖明皆微臣之幸也取進止

言壽星觀 御容劄子

臣等前者伏覩 陛下幸壽星觀奉安 真宗御容
當是時臣等不知事之本末不敢進言自後方知本
觀舊日止有 先帝時所畫壽星近因本觀管句内
臣吴知章妄有奏陳稱是 先帝御容意欲張大事
體廣有興修自爲勞效别圖恩賞 陛下天性仁孝
以爲崇奉 祖宗重違其請遂更畫 先帝御容以

易壽星之像改爲崇先觀知章既得御容倚以爲名姦詐之心不知紀極乃更求開展觀地別建更衣殿及諸屋宇將近百間制度宏侈計其所費踰數千万向去增益未有窮期臣等切以 祖宗神靈之所憑依在於太廟木主而已自古帝王之孝者莫若虞舜商之高宗周之文武未聞宗廟之外更廣爲象設然後得盡至誠也唯高宗祭祀親廟微爲豐數故傳說曰黷于祭祀時謂弗欽禮煩則亂事神則難祖已曰無豐于昵蓋規之也後至漢氏始爲原廟當時醇儒達禮者靡不譏之況畫 御容於道宮佛寺而又爲壽星之服其爲黷也甚矣且又 太祖太宗 御容在京師者止於興國寺啓聖院而已真宗 御容已

有數處今又益以崇先觀是亦豈予昭也無乃失尊尊之義乎原其所來止因知章妄希恩澤乃敢恣爲誣罔興造事端致陷朝廷於非禮今旣奉安 御容難以變更若只就本觀舊來已修屋固足崇奉所有創添屋宇伏乞一切停寢止令有司以時侍奉所有知章誣罔聖聰依託 御容妄有干請廣興力役乞下所司取勘窮治姦狀明正其罪取進止

言兩府遷官劄子

臣伏覩去歲即位之初兩府臣僚已各遷官今兹俯及朞年一例又加恩命雖 陛下褒優大臣務從豐厚而朝野竊議以爲近來國家官爵易得恩賞太頻柱石之臣當戮力同心共救此弊今若連年之內寵

數便蕃恬然有之自以爲利則何以率正他人抑塞
僥倖因此恐失天下之望然則 陛下愛之適所以
傷之也且切料大臣亦不敢自安必當辭避願 陛
下因而聽之以成其美取進止

言兩府遷官第二劄子

臣近曾上言兩府臣僚遷官太頻恐失天下之望乞
陛下聽其辭避以成其美未蒙采納臣非憎此數人
嫉其遷官乃是欲全其令名使之輔佐 陛下重惜
大柄耳 先帝親選聖明傳以天下今 陛下乃欲
歸功大臣固知其人必不敢當也借使當日實曾贊
成先帝聖意乃是欲安宗廟社稷若今日受賞則是
貪邀非常之福罪孰大焉然則 陛下賞之是掩其

盡忠之心也使貪爲徇利之人何榮之有臣所謂欲全其令名者此也夫爵位者人主所以御群臣之柄也然品秩高下本皆虚名但以難得之故爲人所貴若其易得則爲人所賤譬如金玉珠璣苟非道路皆是處處有之則與瓦礫無異矣近歲以來官賞濫兩府大臣豈不素知今遇　陛下即政之初所宜開導聖聰以懲革此弊今　陛下以纘紹之際及聖體未安之時中外平寧爲兩府之功加以厚賞則宿衛將帥宗室外戚四方藩鎮内侍近臣皆有冀望若一一彌滿其意則國家官爵賤於泥土將無以役使群臣若抑而不與人不自知更生觖望是始於推恩而終於聚怨也且輔佐之臣自於朞年之間連併遷官而

欲禁止他人之幸進誠亦難矣臣所謂使之輔佐
陛下重惜大柄者此也或者　陛下以爲曹佾無加
兵尚加使相況輔弼大臣當國艱難之際輸力盡瘁
不可不賞臣愚以爲不然　陛下爲賞曹佾者非以
功也乃以　皇太后之德至深至厚無以爲報故褒
崇元舅以慰母心今若緣此推恩次及他人則是曹
佾隨衆遷官不爲優異於　皇太后之心何所慰哉
然則　陛下虛捐盛恩而人皆以爲大例遷官何足
爲喜也臣豈不知　陛下褒賞大臣而臣區區不量
其力以横議干之非身之利然朝廷忠謀無恤其它惟
陛下察之取進止

增廣司馬温公全集卷七十五

奏議

臣伏覩近降詔書以初任第二任通判人中選人權

發遣三司判官公事九年之後擢爲職司既使之久於其事又待以不次之位此誠用人之要術爲政之首務也然當茲擢用之初天下士大夫莫不延頸而望拭目而視若得清修孤直之人則皆勸慕爲善砥節礪行不肖者亦化爲賢矣若得貪汚諂僞之人則皆傾巧干進飾貌盜名安恬者亦變而爲躁矣此乃風俗之本原政治之樞機不可以不愼自非有奇材異績爲天下所知未可容易當此舉也切見尚書都官員外郎皮公弼爲吏之處以貪饕致富資性狡猾善爲進取在京師則造請不倦在外則書簡相尋專用此術致舉主三十餘人一旦首膺茲選天下之人苟有知公弼所爲者但私議切歎憤鬱喑嗚莫敢發言

豈可以稱　陛下求賢之意副四方跂竦之望哉若所選之人皆如皮公弼之類乃是開此徼倖之門以爲俊邪躁進之塗恐非朝廷之福也所有皮公弼伏望　聖慈追還前命勒歸本任所貴中外之官各資序合入三司判官者尚不啻數十人豈得其中全无可備擇者顧且選以補即目三司判官之闕俟果有奇材異績爲衆所知者然後依近降詔書舉而用之天下幸甚取進止

言皮公弼第二劄子

臣近曾上言乞罷皮公弼三司判官今西未蒙朝廷施行臣聞周禮小宰以六計弊群吏之治廉善廉能廉敬廉正廉法廉辨蓋言爲吏者雖有六事皆以廉

爲本也翼奉曰人誠向正雖愚爲用若乃懷邪知益
於害蓋言人操心不正者雖有材能無所用也今以
公弼附宋從劉士之間不爲難得者其貪佞詭僞則
罕有其比 陛下方欲簡拔其賢待之不次以砥礪
群臣新美之化而得公弼之徒臣恐四方聞之無不
解體以廉正之士沉抑而不顯貪邪之人輻湊而競
進其於虧損治體敗壞風俗不爲細事伏望 陛下
早追還公弼前所授恩命竄歸吏部明示往取進止

言王廣淵劄子

臣伏見新除王廣淵直集賢院外廷之人無不惶惑
偶語族談莫知其故或云廣淵以脣舌便佞遊走於
公卿之門蓋執政所薦也或云 陛下龍潛之時廣

淵以文章因　陛下故人自薦達素蒙知賞故特加拔擢此二者臣莫知其虚實若果有其一皆非朝廷之美也夫端士進者治之表也儉人進亂之階也臣切聞廣淵雖濟文藝其餘更無所長於士大夫之間奸斉賛善最稱於第一若以此受報公卿之知則其人固非端士矣向以初任通判編修書文字二年之間遂除知舒州搢紳已皆相與指目以為僥倖今又驟加美職安得不來外廷之惑乎　陛下方施政之初欲簡拔天下賢材寘諸不次之位以率厲群臣而使事之臣不能稱　陛下之意前此用皮公弼權發遣三司判官今又用王廣淵直集賢院將何以使天下之人尚廉耻之節崇敦厚之風乎若

陛下龍潛之時廣淵果曾以才藝自媒於左右此尤不可昔漢文帝時景帝爲太子常召上左右飲中郎將衛綰獨稱疾不往及即位寵待綰逾於它臣聞太祖時太宗鎮澶州張美爲三司使掌州之錢穀太宗私有求假美悉力應奉及即位衆皆謂美材敏而太宗終薄其爲人廣淵若當仁宗之世亦以文章進於 陛下爲臣忠謹者肯如是乎 陛下今日當治其罪而又賞之將何以勸人臣之節也所有王廣淵新授直集賢院勅伏乞追還取進止

言王廣淵第二劄子

臣近曾上言乞罷王廣淵直集賢院事未聞 朝廷施行外議紛藉至今未已臣備位諫職不敢塞默切

見廣淵憸邪便佞勤於造請以此之故自幕職入京數年之間但以堂除知許州今又以特旨直集賢院且不知廣淵有何才德過絕於人而受国家榮寵如此之速也議者皆言
陛下在藩邸時廣淵因時君卿以文章筆札私有貢獻深自結納故有今日之命若果如此大為非宜且聞為人君者洗濯其心至公至正審察善惡明辨是非忠信者雖有愆尤而必用姦回者雖有恩私而必誅是以群臣曉然各知所守一心同德以事其上今廣淵若於
仁宗之世私結
陛下之知察其為人果為忠信果為姦回若以此獲美官則姦回之臣欲求進身者將何所不為恐非
陛下之利也向古以來惟英明之主能知此理伏望

陛下追還廣淵恩命仍嚴加竄謫以懲憸巧之臣用
心不一者取進止

言王廣淵第三劄子

臣聞明君之政莫大於去姦忠臣之志莫大於疾邪
陛下不知臣無似使待罪憲府受任以來於今踰月
而寂無所糾誠負大恩伏見直龍圖閣兼侍讀王廣
淵以小人之質有傾巧之材夤緣進身无所不至外
依政府内結近習數年之間致位清顯　国家本以
龍閣寵賢彦迩英待儒雅皆非廣淵所宜濫處　陛
下即位以來公舉放黜姦邪以警群臣廣淵於朝列
之中爲姦邪之尤者伏望　陛下奮發乾剛首加斥
逐奪去職名除一遠地監當亦足以醒天下之耳目

取進止

言王廣淵第四劄子

臣近曾上言直龍圖閣兼侍講王廣淵傾巧姦邪乞盡奪去職名除一遠地監當差遣至今未聞指揮臣切惟廣淵所爲布聞海内　陛下昔在藩邸豈不備知何待臣愚更有詳述書曰任賢勿貳去邪勿疑大舜所以成大功也　陛下若未知廣淵之爲賢邪不肖尚容致疑若果知廣淵姦邪之狀則豈可復置左右而不速去之哉夫佞人者巧於求合[illegible]端雖賢所不能察是以帝堯畏巧言令色孔壬而孔子顔淵以遠佞人夫堯與顔淵非不明也苟不畏而之則有時而惑之矣伏願　陛下依臣前奏其廣淵

早賜黜逐取進止

言王廣淵第五劄子

臣前兩次上言王廣淵傾巧邪佞乞[illegible]去[illegible]一遠地監當近聞本人帶舊職知齊州仍賜章[illegible]此乃是賞之非黜之也向使廣淵自比京官[illegible]身守分不爲姦謟以至今日不過作第二任通[illegible]所得乃如此豈可謂多也二者皆無用之物而天[illegible]貴之者爲其非賢才則不能得之故也唐宣宗重[illegible]章服不輕以與人有司製緋紫衣以備賜予經年不用三兩領故當時服緋紫者人以爲賢大夫名器者譬如珠玉若使之易得如瓦礫尚安足貴乎近上兩次覃恩服緋紫者以爲泛濫今又如陳鑄王廣淵者皆

賜章服是使今後受賜章服者皆以爲恥不以爲榮
且　陛下使廣淵出補外官者必已知其邪姦之迹
今又復以職名章服寵之是勸人使効廣淵所爲也
臣切恐非國家之　福伏望　聖斷依臣前奏盡奪廣
淵職名并比來章服與遠地監當使賞善罰惡皦然
明白取進止

增廣司馬温公全集七十五

增廣司馬温公全集卷七十六

奏議

言郭昭選劄子

言程戡第一劄子

言程戡第二劄子

言程戡施昌言劄子

言任守忠劄子

言任守忠第二劄子

言任守忠第三劄子

言郭昭選劄子

臣切聞陛下向時直省官郭昭選等四人近者特

言並除閤門祗候衆言籍籍頗謂僥忝國初草創天步尚艱故祖宗即位之始必拔擢左右之人以為腹心羽翼豈以為永世之法哉乃遭時不得已而然也自後嗣君守承平之業繼聖考之位亮陰未言之間有司因循踵為故事凡東宫寮吏一槩超遷謂之隨龍以此昭選之徒得自廝役直除班行其為幸亦多矣乃敢望有攀援邀求無已曾不自省有何功勳小人之心終無厭極不可縱也且閤門祗候 祖宗所爲養賢才以待任使之地也其班敘差遣事事不同譬諸文臣則館閣之流豈可使廝役之人為之哉況東宫其餘吏卒甚衆苟一人得之則皆有冀望之心此書所謂啓寵納侮也 陛下繼承大統則率土之

瀆誰不為臣獨私官中之人則所任用者至狹矣臣昨除御史中丞初上殿之日首以官人賞罰為言以三者致治之本百世以來不易之道今昭選得以賤隸而叨美職是官不擇人也無横草之勞而數月之間恩命相繼是無功受賞也姦慝明著如高居簡等尚保其位是有罪不罰也　陛下始初清明方勵精求治乃輕其官爵慢其賞罰如此將以興太平之功由適趍之北轅也今臣所以區區進言者但為　陛下惜此而已所有昭選等新除閤門祗候乞賜追寢取進止

言程戡第一劄子

臣伏覩今月二十九日制書宣徽南院使鄜延路經

略安撫使程戡加安武軍節度使令再任臣聞官以待賢才以勸有功官非人則職事廢缺賞不當功則群臣解體程戡素無才術少壯之時歷職中外猶無名迹為人所稱况今老病昏憒尤甚其在鄜延苟且偷安以度日月為吏兵所慢戎狄所輕臣謂 朝廷當因其衰病授以冗秩別擇能臣以代其任今乃寵以節鉞使居舊任外廷聞之者無不駭愕臣切以兩府之外官尊祿厚無若節度使者群臣非有大功豈可輕受臣不知程戡在鄜延曾有何功遽授此官萬一邊臣有能立大功者 朝廷當復以何官處之況 陛下踐祚之初四方之人拭目傾耳觀聽 朝廷之刑賞以占聖政而戡首蒙濫賞臣切為 陛下

惜之伏望　聖慈追還前命別選賢才使守鄜延庶合中外之望取進止

言程戡第二劄子

臣近曾上言鄜延路經略使程戡建節再任不合衆望乞追還前命事至今不聞施行臣切以方今國家外患惟在西北二寇所以悍禦二寇惟在諸路經略安撫使居此任者豈可不以精擇其人程戡在鄜延自以衰老畏人指目專用姑息取媚群小僚屬軍伍尚無禀畏況於外夷固所輕侮比年以來趙諒祚數違舊制易姓建官妄有邀求不遵朝命戡不能式遏而容納其使事之可否盡請於　朝廷則禦侮之臣將何所用事君不忠孰甚於此臣愚以爲九御群臣

之道若居官稱職衆所不及則當使之再任若立功立事爲人所知則當加之品秩今語其稱職則軍政不修語其立功則戎狄驕慢而 朝廷寵命加優委任益厚臣恐將帥之臣宜力者無所勸而懷姦者得其志如此而望疆場安寧四夷賓服臣切以爲難矣所有程戡新受恩命伏乞早賜追還取進止

言程戡施昌言劄子

臣切聞近者夏國屢起事端邊境之變不可不備爲備之要在於擇帥伏見鄜延路程戡貪佞姦回涇原路經略安撫使施昌言老病昏昧皆以斗筲罷懦之才當折衝禦侮之任平居之時未見其闕一旦警急必敗大事譬如開門揖盜以肉餧虎臣切爲國家危

之伏望　朝廷早擇智勇之將以代其任二人並除
致仕以安邊境之民戒偷祿之臣取進止

言任守忠劄子

臣切聞入內內侍省都都知任守忠擅取奉宸庫金
珠數万兩獻遺中宮自以爲功仍受中宮賞賜外議
籍籍無不駭愕伏以守忠從來罪悪極多不可遍數
陛下躬元繼統聖政方新守忠曾無畏憚益恣巧諂
公取官物自眩私恩贊導椒房首爲侈靡既求權寵
又分享利姦邪之人無大於此伏望　陛下特發神
斷以守忠付所司窮治所犯明正典刑以示天下取
進止

言任守忠第二劄子

臣近曾上言任守忠姦邪事迹乞正典刑未聞施行
臣竊守忠懷姦罔上諂佞貪惏竊弄權柄固非一日
專爲讒慝交構兩宮狡詐反覆　陛下所知君非
先帝聖明皇太后仁慈則社稷可憂天位不安今又
盜取庫物曲求容媚教中宮爲不順陷　陛下爲不
義此而不誅典刑安用據守忠罪惡臣久合奏陳以
陛下踐祚之初天威未振欲　陛下親發英斷戮此
天姦使内外之臣莫不震肅今聖恩寬貸已及歲餘
外議皆言守忠以諂佞之故受　陛下之寵遇過於
先帝之時臣備位諫官不敢塞默守忠職在宮禁久
專威福若不早除恐別生事伏望　陛下如臣前奏
速以守忠付所司治所犯肆之市朝以副天下之望

取進止

言任守忠第三劄子 次日守忠除保信軍節度副使蘄州安置

臣近者兩次上言任守忠姦邪事迹乞正典刑至今未聞施行臣迫於忠懇不能自已切見守忠早以小臣獲事先帝幸蒙獎拔榮禄俱極日侍左右不能以忠言正道補益万分專以談諧謟諛苟求悅媚其罪一也總領近侍委之差遣而陵忽同列孑奪自恣附己則愛悅逆意則憎疾援引親黨排抑孤寒任情徇私略無顧避其罪二也從來所受俸賜亦爲不少而資性貪婪老而益甚盜竊官物受納貨賂金帛珍玩溢於私家第宅產業甲於京師聚歛之心曾無紀極其罪三也交結朋援專權據勢縱逞胸臆妄行威福

所愛者雖有大罪掩蓋不言所惡者小有瑕疵擿成大事使宮禁之内側足屏息畏憚守忠無以爲比其罪四也濮王之薨守忠監護葬事賣弄国恩輕蔑皇族乘其有喪匃奪其財物所得甚多終不滿意遂誣長子宗懿以爲不孝使被譴謫感憤成疾以至没身不能自雪其罪五也先帝以春秋寖高未有繼嗣深思宗廟生民之重屬意聖明固非一日而守忠陰畜姦心沮壞大集深忌国家立長立賢自欲於倉卒之際居中建議擇幼弱昏懦之君以邀大利如有唐之季定策国老門生天子賴先帝聰明卓然遠覽斷然不疑不然則太平之業幾墜於地其罪六也及 陛下既爲皇子守忠内懷憂懼日於先帝之前離間百

端隔絶内外進對甚希使先帝爲　陛下之父不得
施爲父之恩　陛下爲先帝之子不得展爲子之親
其罪七也先帝晏駕　陛下纘統不幸遇疾皇太后
權同聽政守忠秉此之際六逞姦謀闚伺語言撰造
事迹往來革面進退異辭使皇太后以文母之慈不
免[illegible]狩之疑　陛下以曾閔之孝立有負恩之謗交
構兩宮遂成深隙計其陰謀無所不至賴皇太后聰
明叡照執義不可傾移不然禍變之興豈可具道其
罪八也及聖躬既安皇太后恭還大政守忠不歡導
陛下以勤修子道承順顏意報荅盛德恢廣令譽而
相時隨勢計異炎凉欲詐輸新忠以巧遮舊惡用昔
時讒　陛下之計爲今日讒皇太后之辭雖　陛下未

必聽受而使皇太后聞之不能介意終日泣涕悒
怏成疾守忠但欲交結友黨使自爲身謀並不顧天下
之人議 陛下之善惡其罪九也 皇后正位尚新
天下傾耳觀令德守忠輒爲皇后畫策並不禀問皇太
后擅傳教旨開祖宗寶藏擅取金珠數万兩以獻皇
后冀取一時之悦又坐享厚賜逆婦姑之禮開驕侈之
源使皇后受其惡名而己身收其重利爲臣姦邪莫
甚於此其罪十也守忠有大罪十皆 陛下所親見
衆人所共知其餘欺謾爲姦恣横不法事類繁多不
可勝言誠國之大賊人之巨蠹伏望 陛下盡發守
忠之罪明示四方斬於都市以懲姦慝取進止

增廣司馬溫公全集卷七七

奏議

言賈黯劄子

臣伏見知開封府賈黯本以文藝進身不閑吏事矯左流内銓三班審官院已無聲迹可紀及尹京邑當繁劇之任尤非所長區斷乖方怨嗟盈路伏乞 朝廷量其所能授以它職别選差人知開封府庶合衆心取進止

言王逵劄子

臣切聞監兖州景靈宫王逵近降 勑差知萊州逵暴戾凶狡陵上虐下所至爲害朝野具知今年齒已衰猶汚仕籍若復授以一州使爲長吏必恣行不法殘害民物監司畏之莫敢詰問使一境之人何所控告伏望 朝廷檢會逵年幾及察逵平生事迹勒令

致仕或只與監當差遣永不得令親民取進止

言王逵第二劄子 尋改除逵西京留臺

臣先曾上言新差知萊州王逵暴戾兇狡殘害民物乞檢會逵年幾及平生事迹勒令致仕或只與監當差遣至今未聞朝廷追改前命且切以善爲政者視民如子見不仁者誅之如鷹鸇之逐鳥雀也故害民之吏患在不知知而不除使戕賊良善不愛一州而愛酷吏豈爲民父母之意哉伏望　朝廷檢會前來所奏早賜施行取進止

言陳烈劄子

臣等伏見　朝廷獨以福州處士陳烈好學篤行動遵禮法樂道養已名聞京師故舉之閭閻之中以爲

學官列辟讓未至今聞福建路提刑王陶奏據福州勘到烈爲妻林氏疾病瘦醜遣歸其家十年不視陶因言烈貪汚險詐行無纖完乞盡追奪前後所受恩命臣等素不識烈不知其人果爲如何惟見國家常患士人不修名檢故舉列等以獎勵風俗若烈平生操守出於誠實雖底滯迂闊之行不能合於中道猶爲守節之士亦當保而全之豈可毀壞挫辱疾之如讎書曰不協于極不罹于咎皇則受之古人所以禮市駿骨蓋以此也若有內懷姦惡虧敗名教外飾詐僞沽釣聲利則　朝廷嚮者以爲有道之士不次用之今乃醜行布於四方其爲愧恥亦不細矣其始者薦舉之人安可置其罪而不問臣等欲望　陛下委

鄰路監司再行躰量本人平生事迹善惡虛實或選差公正官吏通儒術識大躰者覆勘前件公事若情理不至深重止於夫妻不相安諧則使之離絶而已湔洗其過庶幾復伸眉於後又使四方節義之士不憂横辱得以安恬於閭里若實有醜惡之迹敗亂名教則當嚴賜刑誅并治舉者之罪以明至公取進止

言趙滋劄子

臣累曾上言趙滋剛很狂妄不可管軍及守邊必將敗事近聞　朝廷益加寵任今再知雄州臣愚贅之言誠無足采然切聞鄉時夲路轉運使唐介安撫使彭思永皆曾言滋罪狀今　朝廷使之再任彼三人者必不肯同心協力以利公家但更相違戾窺伺得

失雖容貌語言外相包容其心豈能坦然全無猜惡是朝廷徼之使交鬬也若監司將帥互相猜惡而欵使之安下民扞外敵臣切以為難矣伏望　朝廷念河北一路繫國家安危察滋所為皆夸誕不實援滋别路一閑慢差遣使上下之情各獲自安不唯邊境保無它虞亦滋一身之福也取進止

言趙滋第二劄子

臣先曾上言趙滋為人剛很不可管軍　朝廷不以為信臣亦自恐聞聽未審不敢復有所陳自後又聞滋對契丹人使禮皃驕倨不遵舊式近者又聞本路帥臣奏滋任意行事恐致引惹切以景德以前契丹未和親之時戎車歲駕疆境以駭乘輿暴露於澶淵

鐵騎憑陵於齊鄆兩河之間暴骨如莽 先帝深惟安危之大躬得失之至計親屈帝王之尊與之約為兄弟歲捐金帛以餌之聘問往來待以敵國之禮陛下承統一遵故約夫豈以此為不辱哉志存生民故也是以兵革不用百姓阜安垂六十年今契丹所以事中國之禮未有闕也為邊臣者當訓卒乘繕器械以戒不虞享邊鄙慎其威儀以待使者內不失備外不失好以副 朝廷之意而已今滋數乘客氣以徼使人爭小勝以挑彊胡苟為夸大於目前以求一時之聲名而不顧 國家永久之患臣恐釁隙一開則朝廷未得高枕而卧也昔孫蒯毀缾而曹衛起難鄙人漚菅而魯國喪邑涉佗捘手而晉失諸侯女子爭

桑而吳師入郢故禍常起於細微而患或生於所忽凡以二國所以招爭之道不可以不慎也雄州當虜之衝平居則行李之所往來有事則戎馬之所出入典州之將不可不精擇其人滋稟性狂很恐不可久寘於彼乞落軍職徙之內地毋使邊將相效爲國生事實天下幸甚取進止

言陳述古劄子

臣切聞陝西都轉運使陳述古昨因巡邊妄奏朝廷邊鄙寧靜不足爲慮後因權涇原路經略司事聞副總管劉几稱西人點集將謀入寇請出兵防托述古恐與前奏相違因此怒几奏稱不協軍情張皇生事遷移几知鳳翔府數日之間西人果大舉犯邊殺

掠弓箭手及熟戶蕃部述古亦不即時發兵救援致
陷沒數千戶訪聞雖知　朝廷已差臺官勘述古罪
狀然切聞所差正是蔣偕移劉元又奏亦有不實之處
若以文吏職小罪重者以國家言之為害實深
何則國家承平日久人不習戰雖屯戍之兵亦臨敵
難用惟弓箭手熟戶蕃部素習山川道路知西人
情偽材氣勇悍不懼戰鬭從來國家賴之以為藩蔽
今述古知西夏欲攻使蕃部而自避縱賊擾之益順成其
罔之誅御邊將嘗不許救護遂以數千戶生民委於
虎口令父子流離骨肉塗炭豈除已陷沒者深可哀
痛且恐自今已後諸路弓箭手蕃部不敢恃怨憑邊台止
熟戶蕃部有叛國從賊之心以此觀之其害豈小哉

況述古出於門蔭素乏器能歷官以來所至之處縱恣胷臆殘害三長不畏憲典輕侮三台驕暴很狡天下共知屢曾坐事黜降旋復收用叨竊名位一朝至此誠過其分量故天奪之魄舉措乖繆駭人視聽陷敗民命墜辱國威內外之人無不憤惋昔聞舜誅四凶而天下服今述古平生所為亦可以謂之凶人矣　陛下縱不能明加斧鉞以謝邊民亦當投之荒裔以禦魑魅庶使對罷之臣少加警懼取進止

言孫長卿劄子

臣伏聞前環慶路經略安撫使孫長卿加集賢院學士充河東路都轉運使長卿前在環慶不曉邊事舉措煩苛致熟户番部叛亡幾盡道路之人無不知之

臣謂　朝廷宜嚴加譴責以儆群帥不意今日更褒以寵名授以重任外廷聞之無不駭笑如此則何以使群臣奉職邊鄙獲安伏望　聖慈速改前命數其無狀於遠小處責降庶令後封疆之臣稍有所畏取

進止

言孫長卿第二劄子

臣近言環慶路經略使孫長卿守邊無狀宜加譴謫不當更加集賢院學士充河東路轉運使不蒙　朝廷省察臣切見　陛下近者面諭執政以中外臣僚多不修職業令降詔書嚴加教諭此誠致治之本然臣以為言之不如行之若言而不行徒使號令玩續傷威毀信不若不言之為愈也長卿本以錢穀常才

驟蒙朝廷拔擢數年之中官爲丞郎位爲元帥智力淺薄用過其分不曉軍政不達蕃情處事繁碎衆心不附是致塾户蕃部各思離叛受趙諒祚誘脅去者極多而長卿掩蔽欺謾不一一聞奏慶曆中元昊背叛環慶所以獨不破者以塾户盛壯爲之蕃蔽也今因長卿失於撫御散亡殆盡居官如此可謂失職而朝廷更加寵秩委之重任賞罰如此雖復日下詔書又何益也臣愚伏望陛下黜不職之人當以長卿爲始則群臣無不悚慄不令而行矣

增廣司馬温公全集卷七十八

奏議

論臺察第二劄子

論乞優老上殿劄子

臣聞古之聖王尊禮黃髮屬任以政者蓋以其更歷天下之事練習爲治之體故也昔鬻熊年九十見文王文王曰老矣熊曰君若使臣逐虎捕麋臣已老矣使臣坐而策國事臣年尚少也近歲以來大臣高年皆不敢自安其位言事者又欲以擊搏大臣高年爲名從而攻之此豈爲臣盡忠至公之道哉凡言事者當爲國家進賢退不肖使其人無可取雖少壯何爲果有益於時雖老何傷也臣切見樞密副使張昇屢以老疾辭位臣平生與昇跡不相接無絲毫恩分切聞其爲人忠謹清直不可干以私臣不敢上避聖

主之疑下畏世俗之謗隱忠不言以利其身伏望
陛下深念機密之地不可任非其人先以　聖意擇
慶若未能得賢於舉者則使舉且居其位於事亦未
有曠廢也若舉必不可留則願　陛下愼選德望材
器爲衆所服知國體曉兵畧者以代之不可不擇其
人之賢否使循資累叙而爲之也取進止

論赦劄子

臣伏見國家每下赦書輒云敢以赦前事言者以其
罪罪之誠欲恩澤下究而號令必信也比見臣寮多
以私意偏見奏赦前事乞不原赦之人　朝廷皆從
其請若其人情理巨蠹必不可赦者則國家當於約
束勅及赦文內明白言之若所坐不至甚重而特不

赦是恩澤之所不均而同罪之人有幸有不幸也且
今刼盜殺人不死及雜犯死罪猶赦之而微罪不赦
是則罪之輕重不繫於人主一不刊之法令而決於人
臣一時之私意也況使經赦之人仍就編配得罪重
於不經赦者猶無謂也夫赦者誠非致治之術 朝
廷若能永無赦令使有罪者必刑則人知恐懼莫敢
犯矣今既數下赦令而使大罪得免小罪被責經赦
者其罰重不經赦者其罰輕臧否紛紛使百姓何所
取信哉臣愚欲望 陛下自今犯罪之人情理巨蠹
必不可赦者乞於預降約束勑內明白言之其餘並
從赦文處分其有指赦作過情狀顯然有不因臣僚
奏請 陛下聖意特不原免者止宜依赦施行亦不

可使重於赦前之罪應昨赦前犯罪不至編配而赦後特行編配者並乞放令逐便庶使恩澤均一号令明信取進止

論上元遊幸劄子

臣等伏見今歲以祈穀改日之故車駕併以十三十四幸諸寺觀臣等切惟上元觀燈本非典禮止以時和年豐欲與百姓仝樂為太平之榮觀而已去歲四方諸州多罹水旱鰥寡孤獨流離道路伏計 陛下念此未嘗去心切恐有司不明上躰務循故事無所減損不稱 陛下子愛元元之意又連日遊幸在於聖慈亦為煩勞伏望 陛下比之每歲特減遊觀之處以憫恤下民安養聖神天下幸甚取進止

寺額劄子

臣伏覩近降赦節文應天下係帳存留寺觀院舍自來未有名額者特賜名額其在四京管内者雖不係帳令日前已蓋到舍屋及百間以上者亦賜名額切以釋老之教無益治世而聚匿遊惰耗蠹良民此明識所共知不待臣之言也是以國家明著法令有創造寺觀一間以上者聽人陳告科違制之罪仍即時毀撤蓋以流俗戇愚崇尚釋老積弊已深不可猝除故爲之禁限不使繁滋而已今若有人公違法令擅造寺觀及百間以上則其罪已大幸遇赦恩免其罪罰可矣其棟宇瓦木猶當毁撤沒入縣官今既不毀又明行恩命賜之寵名是勸之也臣聞爲人上者洗濯

一心以待民是以令行禁止而莫敢不從令立法以禁之於前而發赦以勸之於後則凡國家之令將使民何信而從乎臣恐自今以往姦猾之人將不顧法令依憑釋老之教以欺誘愚民聚斂其財以廣營寺觀務及百間以上須後赦冀幸今日之恩不可復禁矣方今元元貧困衣食不贍仁君在上豈可復唱釋老之教以害其財用乎事若微而患深令有近而害遠此之謂也伏望　陛下追改前命應天下寺觀院舍不係帳者不以舍屋多少並依前後勑條處分其昨来赦文内四京寺觀院舍雖不係帳亦賜名額一節乞更不施行庶使号令爲民所信而遊惰不能爲姦也取進止

論修造劄子

臣伏見近日以來修造稍多只大内中自及九百餘間以至皇城諸門并四邊行廊及南薰門之類皆非朝夕之所急無不重修者役人極衆費財不少此蓋陛下纘極之初禁庭之中誠有破漏不可居者 陛下略命葺理亦宜然而左右之臣便謂 陛下好興土木之功遂廣有經度雖不至損壞之處亦毀拆重修務以壯麗互相誇勝外以希肯求知内以營私規利万一 陛下更因此賞之則營造之端卒無窮已國財必竭民力必殫臣切惟 陛下初臨天下恵澤未孚於民而以好治宫室流聞四方非所以光益聖德也修造勞費不可勝數臣請且言諸州買木一

事擾民甚多衙前皆厚有產業之人每遇押竹木綱散失陪填無有不破家者　先帝躬履節儉宮室苑囿無有增飾故諸場材木皆有羨餘屢因赦恩放免買木以寬民力自頃修造倍多諸場材木漸就減耗有司於外州科買百端營制尚恐不足而工匠用之賤如糞土昔漢文帝惜十家之產罷露臺而不作今諸場前後所積竹木何啻十家之產　陛下至仁若察其所從來得不為之愛惜乎況即今在京倉廩踈漏甚多皆上件數處興功占使匠人物料未暇修葺致粟帛之類大有損敗古者將營宮室宗廟為先廐庫為次居室為後今之所修緩急先後無乃未得其宜乎又　皇子生而富貴年未及冠所宜示以樸素

愼其所習令聞所修三位規摹修大又復過於祖宗之時　皇子所居漢明帝曰我子何得比先帝子此恐非所以納之於義方也臣愚伏望　陛下特降聖旨應大内裏外舍屋即日不至大段損壞之處及不至要切如南薰門之類並罷興造其　皇子位只因舊屋夾截修整早令工畢不得過爲宏壯且令那减匠人物料修倉庫之損壞者所有諸處監修之官自是本職更不與减年磨勘及轉官酬奬以塞奔侈之原使天下皆知　陛下去奢從儉仁民愛物不亦美乎取進止

論後殿起居劄子

臣切見國家從來以垂拱崇政是爲便殿乘輿每日

先御垂拱退御崇政是以侍從近臣已於垂拱起居者非有職事奏對更不復至崇政近歲以來乘輿間日一御垂拱有司不詳事體本末遂令學士待制及兩省官只赴垂拱不赴崇政起居近以山陵未畢乘輿不御垂拱將近旬月學士以下遂廢起居之禮豈有名爲侍從近臣而動踰旬月不得瞻望黼扆臣恐朝廷之議由此相承寖益訛謬欲乞今後應乘輿不御前殿並令學士待制及兩省官赴後殿起居或以太頻即令兩日一次起居取進止

論御藥寄資劄子

臣切伏見祖宗以來擇內臣謹信者句當御藥院以其職任最爲親近恐名位寖崇歲月稍久則權勢

太重不可使御藥常所供奉官以下為之轉至內殿崇班則為外官遂乃出前古謂萬世者也近歲以來頗墮舊法居此任者往往閤理官資請其俸給久而不去殊失 祖宗之意深為不便今茲踐祚之初所宜革去積弊率由舊章切聞句當御藥院劉保信等四人亦曾自陳乞恩別授外官伏乞 皇太后殿下 皇帝陛下各依逐人所請及應自來內臣閤理官資者並除正官授以外任別擇供奉官以下素知心腹忠信謹慤之人使句當御藥院仍自今後凡轉官至內殿崇班以上者並須出外一遭 祖宗之制不得閤理官資僥倖留任內廷差遣取進止

論皇地祇劄子

臣伏見今月十九日以大行皇帝謚号奏告天地宗廟社稷皇地祇止於圓丘望告臣聞王者父天母地一等尊也是故孝經曰事父孝故事天明事母孝故事地察今社稷之祀位爲上公猶特遣官奏告而皇地祇寓於南郊下同徹食失尊卑之序乖重輕之義考諸名體切所未安欲乞今後凡祭告皇地祇並遣兩府官一員詣北郊行事庶合禮意取進止

論虞祭第一劄子

臣聞禮既葬而虞虞之安也既藏矣孝子不忍一日離其親恐精神彷徨無所依歸故祭以安之也然則虞者孝子之事人主當親其禮非臣下所得攝也臣切

見今月三日虞祭百官皆入就位而哭而 陛下不親其禮使宗正卿攝事臣切惑之伏以永昭陵距京師猶五頓未至還未至之時不可一日不虞故使群臣攝事今木主已達京師近在内殿而有司不詳禮意尚如途中使群臣行事於親踈之序有所不稱於哀恭之情有所未盡臣恐聞見之人不知有司之失而歸責於 陛下今未至卒哭尚有三虞欲望自來日以後 陛下親行其禮取進止

論虞祭第二劄子

臣昨日上言虞祭者孝子之事非臣下所得攝乞 陛下親行其禮 陛下不以臣言爲輕以爲得禮已降 聖旨依臣所奏今日禮儀既具百官在庭而

陛下一不出復使宗正卿攝事在列之臣無不悵然自失且昨日有司不為　陛下親祭之禮猶可謂之有司之失若今日之事則咎將誰歸此皆由臣憃愚以彰　陛下之過臣之罪重惟　陛下裁之臣聞易曰不遠復無祇悔元吉孔子曰過而不改是謂過矣伏望　陛下來日雖　聖體小有不康亦當勉強親行其禮以解中外之惑取進止

增廣司馬温公全集卷七十九

奏議

臣等切聞自 先帝以來兩府并臺諫官等上殿奏事左右侍臣皆悉屏退蓋以君不密則失臣臣不密則失身重慎樞機不得不爾切見近日臣僚上殿奏事左右侍臣不遵舊制或有進制殿角拒障門以裏與御坐相去不過數步 陛下德音及群臣敷奏之語皆可聽聞其間或有幾密之事甚致漏泄亦爲不便欲乞一依舊例今後應遇兩府臺諫官等上殿奏事其左右侍臣並於殿角板障門外踏道下祗候仍乞委都知押班於兩邊板障外檢校如敢切有覘聽者並具姓名聞奏勘罪施行取進止

論皇城司巡察親事官劄子 有旨親事官決杖配下軍

臣等伏聞皇城司親事官奏報有百姓殺人私用錢

物俅和事下開封府推鞫皆無事實欲勾元初巡察
人照勘其皇城司庇護不肯交付臣等切以　祖宗
開基之始人心未安恐有大姦陰謀無狀所以躬自
選擇左右親信之人使之周流民間密行伺察當是
之時万一有挾私誣枉者則斧鉞隨之是以此屬皆
知畏懼莫敢為非今海内承平已踰百年上下安固
人無異望世變風移宜有釐革而因循舊貫更成大
弊乃至帝室姻親諸司倉庫悉委此屬廉其過失廣
作威福私受貨賂所愛則雖有大惡擁而不問所憎
則舉動言語皆見擿摭臣等嘗竊病國家擇天下英才
以為公卿大夫而猶不可信獨任此厮役小人以為
耳目豈足恃哉今乃妄執平民加之死罪使人幽繫

囹圄擴罹楚毒無不自誣服僅能辨明若更不聽
有司詰問元初巡察之人少加懲誡臣恐此屬無復
畏憚愈加肆志使京師吏民無所措其手足此豈合
祖宗之意哉 伏望 朝廷言據皇城司令送元初巡
察人下開封府推問本情或别有仇嫌或察訪鹵莽
各隨其狀依法施行仍自今後永為定制庶可以塞
欺罔之源絕侵冤之門以全國家至公之道取進止

論復置豐州劄子

臣等伏見國家復置豐州故城仍差人知州此河西
險要之地修之甚便然其地勢孤絕外迫寇境向者
王氏知州之時所部蕃族甚衆有求安來遠保寧三
寨皆以蕃族守之慶曆初栢拔元昊攻陷州城州民

三寨蕃族盡爲所虜掃地無遺今州城之中但有丘墟瓦礫環城數十里皆草莽林麓而已若建以爲州則須復設外寨備官置吏廣屯兵馬多積芻粮皆應調發內地之民以奉之勞費甚大此所謂徇虛名而受實弊也頃年朝廷欲修豐州城河東經略司嫌其單外乃於其南數十里築永寧堡其地窪下居兩山間踪惡難守今既修豐州則永寧堡深在腹內無所復用臣等以爲不若遷永寧堡於豐州故城其兵馬芻粮不更增益但擇使臣有略者使守之不必假以知州之名募蕃漢之民使墾闢近城之田俟民物繁庶皆如其舊然後以爲州亦未晚也取進止

論覃恩劄子

臣某等伏覩今月三日御札取今年季秋擇日有事于明堂所有合行諸般恩賞一依南郊例施行臣等切見皇祐二年親祀明堂是時以初行希闊之禮文武臣僚並轉一官今國家修舉舊禮乃是常典雖已誕告恩賞一依南郊例然切慮貪冒無識之人尚有希覬流言紜紜動揺中外况今庶官濫溢經費窘竭豈可復踵往歲之失以增今日之弊伏望朝廷豫先明降指揮言今歲所行明堂之禮更不覃恩轉官使中外咸知以絶僥倖者之望取進止

論董淑妃謚議策禮劄子

臣伏見充媛董氏薨追贈婉儀又贈淑妃陛下親爲之輟朝掛服群臣進名奉慰又命有司爲之定謚

及行策禮於葬日仍給鹵簿外廷之議皆以爲董氏
名秩本微病亟之日方拜充媛今送終之禮太爲崇
重臣按古者婦人無謚近世惟皇后有謚及有追加
策命者妃嬪已下未之有也鹵簿本以賞軍功未嘗
施於婦人唯唐平陽公主有舉兵佐高祖定天下之
功方給鼓吹後至中宗時韋后建議妃令如主葬日
皆給鼓吹非明王之令典不足法也臣愚念　陛下
恭儉寡欲近歲以來後宮之寵絶無太盛過分著聞
於外者此四方之人所以皆嗟頌咏歸仰　聖德也
不意今茲以既没之董氏而有司諂曲妄崇虛飾以
隳紊制度瀆慢名器使天下之人疑　陛下隆於女
寵甚非所以益聖德也況禮數既崇則凡事所須用

度益廣今明堂六禮新畢帑藏空虛賦斂日滋元元愁困誠不宜更崇大後宮之喪以横增費夫云者雖加之虛名盛飾豈能復知而足以仰累 聖德臣切惜之伏望 陛下特詔有司悉罷諱謚及策禮事其葬日更不給鹵簿凡喪事所須務從減損不必盡一品之禮以明 陛下薄於女寵而厚於元元也取進止

上殿謝除待制劄子

臣某伏蒙 聖恩除天章閣待制兼侍講仍知諫院臣切以爲方今国家之得失生民之利病大要不過擇人賞罰豐財練兵數事而已行道之人粗有知識者皆知之患在朝廷不盡聞雖聞不力行耳朝廷不

盡聞此諫爲陛下言之今 陛下置臣於侍從之列
留臣以諫諍之職恩施愈隆責望愈重臣有生安敢
愛有言安敢隱伏望 陛下擇其事之要重者特留
聖心則天下幸甚不然臣雖朝夕侍從徒汚名位而
費廩禄於公家之用果何益也取進止

辭賜金劄子

臣奉勑充山陵儀仗使已蒙 聖恩賜絹一百匹錢
二百貫文充盤纏於今月二十九日又降中使賜臣
箔金五十兩并銀合重三十兩臣不敢仰違詔旨雖
以奏謝訖然竊聞嘉祐八年末昭陵時不曾有此例
私心皇恐深不自安臣聞人主不與無功之賞則群
下勸人臣不受非分之賜則廉恥立今臣等雖備位

五使猶在京城跬步之勞亦未嘗有以何勳効再再受
重賜況臣職在執憲當抑絶僥倖而自爲之將何以
糾正他人其箔金并銀合伏望 聖慈許令臣回納
入庫庶使下臣有以自容取進止

辤賜金第二劄子 得旨依

臣光前日蒙恩賜金五十兩并銀合臣以所賜過厚
尋聞求昭陵禮儀使范鎮知舊例所無不敢當受遂
具奏陳乞許令回納伏蒙 聖慈特降中使宣諭令
受臣上荷恩遇至深至重螻蟻之命不足爲報愧懼
流汗無所容措然臣切聞昔韓昭侯有弊袴命藏之
侍者曰君仁君也不以賜左右而藏之昭侯曰吾聞
明主愛一嚬一笑嚬有爲嚬笑有爲笑今袴豈特嚬

笑哉吾必待有功者彼一弊袴猶不可以與無功之人況數十兩之金乎魏太祖之爲政有功宜賞不吝千金無功妄施分毫不與我 太祖太宗之御臣下亦然故能驅駕英豪光啓大業夫明主之不妄賞賜非吝之也誠以賜一無功則天下無功之人皆有徼覬之心有功之人皆懷怨望故也借使一人有功而人主賜之一金無功不得其有功者必喜何則衆人不得而我獨得之是人主知我之功也其榮多矣如是則智者獻其謀勇者竭其力雖使之赴湯火猶將甘而樂之若有功者賜千金無功者亦賜千金其有功者必不悅何則彼無功而我與之均是人主待我無以異於彼也其辱深矣如是則有功者莫不解體

誰肯竭其智力觸冒死亡以徇國家之急哉官爵金
帛者人主所以鼓舞群情使之奔走左右而不自知
者也然則明主愛一嚬一笑豈過論哉　仁宗皇帝
天性寬仁承累世餘烈府庫充實身雖節儉而好施
於人群臣左右貪求無厭賜予之例因兹浸廣府庫
之積日益減耗不幸又於五年之中再遭大喪左藏
内藏奉宸等庫率皆空竭當此之時舊例所有尤宜
鐫減以救其弊況可以例外横賜無功之人乎且
陛下以國用不足之故永厚陵尤遵遺制比永昭陵
事事裁減而所賜群臣之物乃更多於永昭陵之時
臣雖小人貪惏財賄揣循此理能自安乎此臣所以
夙夜憂惶無以自處也況府庫之物乃天下万民之

物也自非有功於民者皆不宜得之臣所以仰違詔
命堅辭賜物至于再三者非自以飾小廉也乃欲助
陛下成治道也伏望　聖慈察其誠懇依臣前奏許
臣將所賜金并銀合回納入庫取進止

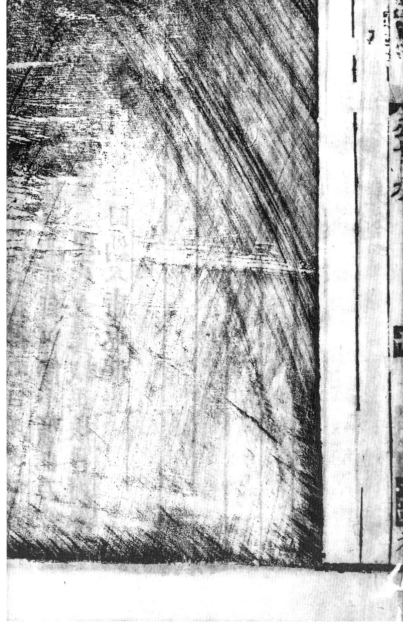

增廣司馬温公全集卷八十

奏議

第二劄子

第三劄子

辭轉官劄子

第二劄子

第三劄子

第四劄子

第五劄子

辭免醫官劄子

臣以病在朝假伏蒙聖慈連日差中使押醫官沈士安朱有章楊文蔚陳易簡等到臣家各診候留藥臣上荷大恩天隆地厚隕首糜軀無足論報然臣聞陳易簡見在病假近皇太后服藥亦祇應不得今以臣

故特煩聖旨督迫令每日一到臣家看候醫診臣忝
爲人臣實不自安況臣私家亦須更請一醫人每日
診問調理其陳易簡已知臣脉氣病狀乞特降聖旨
只令臣每日具病狀增減就易簡處取藥更不令易
簡每日到臣家診候庶於體分稍得自安取進止

辭放正謝劄子

臣伏聞降聖旨在閤門宰臣執政官近遷轉已正謝
訖内有司馬某見患在假特放謝仍免赴景靈宮福
寧殿恭謝臣聞命震駭無地自處豈有朝廷特遷一
官卧家受之並不入謝君降異常之澤臣無一拜之
勤自古以來未嘗有此臣雖頑暗必不敢當伏望聖
慈早賜收還今來指揮候臣疾患稍痊只依前來指

揮減拜入謝及赴景靈宮福寧殿恭謝庶使賤臣粗
能自安取進止

審内批指揮劄子

臣昨日具劄子奏爲聖旨特放正謝仍免赴景靈宮
福寧殿恭謝臣以自古以來未有此禮必不敢當當
夜准御批依近降指揮臣勘會今月十四日内降以
臣轉官所有將來正謝特令兩拜起居免舞蹈十七
日又准内降所有臣將來合赴景靈宮恭謝逐殿宜
止令兩拜二十八日又准入内供奉官劉永年傳宣
放臣正謝及景靈宮福寧殿神御前恭謝臣未審御
批指揮須至再有奏禀取進止

隨乞宮觀表辭位劄子

臣以病羸拜起及上下馬不得請朝假將治已及月餘旬日已來疾大勢雖退飲食亦精進然氣體疲乏足腫生瘡步履甚難策杖而行不出堂室况於拜起固所未易自料度筋力完復可以朝趍近亦數月遠則半年或過此期未可前定豈有執政之臣身據高位坐受厚俸既不趍朝又不供職宴安偃仰養病於家何待人言獨不内愧臣見用夙宵慞惶無地自處今不免有表上瀆聖聰乞除宮觀差遣一任以養衰殘竊慮陛下怪其忽有此奏欲別具劄子披瀝肝膽伏望聖慈早賜開允取進止

第二劄子

伏蒙聖慈以臣乞宮觀差遣特命入内内侍省東頭

供奉官陳衍賜臣批答不允仍斷來章者伏念臣自結髮從學講先王之道聞君子之風竊不自揆常雖有尊主庇民之志不意天幸蒙陛下誤采虛名擢於閭閻之間寘之廟堂之上禮遇過優委任至重臣非木石豈不知荷戴天恩銘心鏤骨願竭駑蹇少報萬分眷戀天庭豈肯輕去不謂一旦嬰此沉疴累月不愈害於飲食不能造朝今雖疾勢漸平飲食亦進而肌骨羸瘠氣力疲乏之腫足骭瘍餘毒方熾旬月之間必未能趨伏闕庭瞻望天光端居私家尸位竊祿陛下寬仁微臣不知廉恥中外有識之士及天下衆庶其謂臣何伏望聖慈矜察依臣前奏除宮觀差遣一任使得自安身分

爲病未任入謝劄子

今月十二日准閤門承受范禹臣告報已降白麻除臣守尚書左僕射兼門下侍郎合當日入謝者臣先爲久病在假不能朝參乞一宫觀差遣未奉俞音今忽聞制命超外左輔俾之師長百僚豈臣空踈所能堪可臣方具懇款辭免未敢祗受况臣即今以久病少力足瘡未愈步履甚難拜起不得未任朝見乞候臣筋力稍完入覲宸扆面陳至誠取進止

辭左僕射劄子

伏聞已降白麻除臣左僕射兼門下侍郎者臣資性愚鈍學術膚淺誤蒙甄采預聞政事常懼不稱陷于罪戾加以近嬰疾疹久不朝參方乞宫觀以便頤養

豈意天恩出於意表即長中臺直外元宰躐等踰分近世罕倫愧赧驚懼汗流霑踵況今中外舊臣或輔佐累朝或踐揚兩府高才碩德顯著甚多若以代臣皆出臣右又即今執政臣位在四居以次而舉亦未至臣伏望聖明歷選其人俾居斯任如臣無狀何敢克當所有新命臣不敢祗受

辭左僕射第二劄子 闕

辭左僕射第三劄子

臣於今月二十三日相繼有劄子辭免新除尚書左僕射恩命未奉俞旨夕蒙聖恩差東上閤門副使王舜封就臣本家賜臣告身臣亦未敢祗受乞且留在閤門今早勾當御藥院馮宗道傳宣并降御批早令

祇受臣上戴天恩下顧無狀進退惟咎無地自處臣
聞高宗命傅說爲相戒之曰若作酒醴爾惟麴蘖若
作和羹爾惟鹽梅夫釀者多麴則太苦多蘖則太甘
調羹者多鹽則太鹹多梅則太酸和調適宜最爲難
事故以喻良相酌寛猛之政處小大之事必平和允
愜曲盡其宜然後爲善臣才性長短敢不自知賦分
於天樸鈍戇直至於守事君之忠懷愛民之志不爲
欺罔不涉倿邪如此數條臣敢自保然燭理不明見
事不避度量褊狹關防淺露若位以元宰委之機務
分獲措置必有差違至時雖自納於刑亦無所益非
敢愛身實恐誤國況臣之少壯猶不如人今年齒衰
老目視近昏事多遺忘目前所爲轉首不記舉措語

言動多差失自近病來耳頗重聽此皆事實衆所共
見非臣以虚辞文飾如此豈可首居相位毗賛萬機
方今老成碩德已試有効及抱道藏器藴積未施中
外之臣不爲無人伏望聖慈博訪選以代臣必能稱
職所有告身未敢祇受緣臣即日步趨拜起皆所未
能朝覲之期無由預定告身留臣本家於理非是伏
乞依臣前奏早賜宣取留在閤門祗候臣所患痊平
堪步趨拜起入覲天顔面陳至誠若不允許祇受未
晚取進止

辞轉官劄子

臣伏覩中書録黄奉聖旨神宗祔廟畢執政官依故
事轉遷以臣爲正議大夫者竊惟英宗皇帝親政之

勑以宰臣韓琦等嘉祐之末有定策大功保祐聖躬濟于艱難故各特遷一官今陛下以神宗皇帝大漸之際宰臣蔡確等啓迪聖心建立儲貳傳授大寶各特遷一官固亦其宜臣當是時方閑居西京憑几末命非所預聞豈得與確等同受褒賞且國家名位本以醻功報德不可但以祔廟禮畢撿舉故事虛有授受況臣於登極之初已蒙覃恩改官今曾未踰年安敢再叨殊渥縱臣貪冒不知愧恥天下之人其謂臣何所有授正議大夫告身臣不敢祗受伏望聖慈特賜寢罷

第三劄子

臣於今月十一日伏覩中書錄黃蒙恩除正議大夫

臣於十二日具劄奏以蔡確等啓迪神宗建立儲貳傳授大寶宜遷一官臣閑居西京非所預聞所有正議大夫告身不敢祗授自後未聞降出至十四日准閤門告報令臣受上件告身竊惟富弼韓侁三朝名德老成當嘉祐之初亦是定策之臣但以不預顧命懇辭甚至如臣才德比於富弼無能爲役當建儲顧命之際臣爲庶僚在外初不預聞豈敢止因祔廟隨例遷官凡爲政之要惟在賞功罰罪臣忝備執政無功受賞將何以裁抑它人所有新命伏望聖慈特賜寢罷

第三劄子

伏蒙詔書以臣辭恩命所請宜不允者昔英宗皇帝

入承大統宰相韓琦等實有定策之功又踐祚之初
聖躬違豫慈聖光獻皇太后權同聽政琦等盡忠竭
力亦不為不至及英宗皇帝專制万機優賞琦等各
遷一官臣時為諫官猶曾上言以近歲官冗賞濫兩
府大臣皆陛下即政之初宜懲革斯弊今自於朞年
之間連幵遷官則難以禁它人之幸進者恐宿衛將
帥宗室外戚四方藩鎮内侍近臣皆有觖望至時陛
下亦不能裁抑兩府亦不敢執奏當是時英宗皇帝
雖不收還恩命而冨亦有定策之功自以不預顧命
力辭甚苦況臣既不預定策又不預顧命豈可　来
自冗散之地遽與輔臣同賞且臣昔日在人則言其
不可受今日在己則受而不辭顧行復言能不自愧

所有告身臣不敢祗受

第四劄子

昨蒙恩除臣正議大夫臣三具劄子及簾前面陳至懇終未賜開允臣夙夜愧恐不能自已臣竊以爲政之要惟在於賞功罰罪賞不當功則僥倖競進罰不當罪則善良憂恐亂之基也曩日神宗皇帝大漸之際臣屏居閭閻今乃與建儲受遺之臣一例遷官賞不當功何以過此陛下不知臣不肖使待罪執政執政當爲陛下抑僥倖惜官職而身自冒賞何以表率它人臣非敢私飾小廉其志欲爲國家慎重名器伏望聖慈特寢罷新命所有告身不敢祗受取進止

第五劄子

臣准閤門告示以臣累上章辭免新命已降批答不
許所有告身可告示早令祗受者臣竊惟元功受賞
士之所難究觀英宗皇帝神宗皇帝即政之初褒賞
大臣皆以定策受遺之功非因祔廟禮畢臣既非定
策又不受遺實難虛受至於政事日新皆陛下聖明
衆賢協力在臣一人何能裨益而無名冒賞准恐有
玷清朝所有告身臣不敢祗受伏乞早賜寢罷

增廣司馬溫公全集卷第八十

增廣司馬溫公全集卷八十一

奏議

乞赴王知爲常起居

假殿常起居乞拜

辭請續支俸劄子

臣以假滿百日自四月以後不敢更請俸給聞近有聖旨特宣諭臣竟假將治其俸給無常接續支給臣自正月二十一日以病告朝假以來而不愈亦曾陳乞宮觀以養衰殘 聖恩未許更以除左僕射臣惶恐失圖不敢復言自亦乃望痊平入 覲冊哀面陳至誠無得趣竭疲駑且供舊職稍榮喜分而藏腑雖寧痿痼未愈肌體羸瘠足力全無步履甚艱不拜起不得以此無由朝參計在假不管本職公事已及一百一十餘日入覲之期未能自定竊以百日停俸著在舊章況臣當

表率百僚豈敢廢格不行臣聞孔子曰先事後得詩云不素餐兮今雖聖澤優厚曲加矜恤而使臣違先事之義重素餐之罪四海指目何以自安伏望聖慈許臣依條百日外住支請受俟參假日依舊展使臣得安心養疾保全微軀取進止

辭三日一赴都堂劄子

臣伏覩中書省録黄今月二日奉聖旨以臣所病已安惟足瘡有妨拜跪不候參假特放正謝仍權免赴前後殿起居許乘轎子二日一至都堂聚議或明下尚書省治事者臣聞命震悚無地自處竊念臣[illegible]雖安飲食如故但兩足無力瘡口未合步履艱難起不得以此未任朝參至於數日一至政事堂亦[illegible]

世以來宿德元老高年有疾朝廷尊禮特降此命豈
伊微臣所敢倫擬況臣自正月二十一日請朝假至
今百三十餘日豈有未見君父輙赴省供職況臣於
病中除左僕射雖累具劄子辭免未蒙開允仍蒙就
家賜以告身亦未敢祗受方候入覲天顔面陳至懇
豈可遽治尚書省事所望聖慈候臣步履有力拜起
得成參假了日與諸執政一例供職貴於微軀差得
自安所有今月一日指揮乞賜寢罷取進止

辭入對小殿劄子

臣今月二日聞有聖旨令臣不候參假特放正謝仍
權免赴前後殿起居許乘轎子三日一至都堂聚議
或門下尚書省治事臣以恩禮大優不當受尋具劄

子辭免今月四日又覩中書省錄黃奉聖旨依前降指揮不許辭免仍令閤門告示許肩輿至內東門外令男扶掖至小殿引對特免起居令引見前一日聞奏如此則禮數愈重尤不敢當臣竊惟富弼三世輔臣德高望重神宗皇帝想見其人故特假此禮乃自古所無顧臣何人敢與為比況親蒙乘輿特御小殿以臣勤君其罪至大縱陛下優惜而天威咫尺恐隕越隨之似此異數臣決不敢受只候垂簾日於延和殿引見并乞上殿然事有不得已者雖知僭越不得不承順聖恩即日上下馬未得及足上有瘡深惡馬汗欲乞如今聖旨許權乘轎子出入及入內至常時下馬處下轎子又臣兩足無力若無人扶掖委實全拜

起不得敢乞今來入見及將來每遇入對並權許令臣男康入殿遇拜起時扶掖候痊安日皆復舊規如此則曲成之仁已踰於天地非臣隕身喪元所能報塞所有其餘恩禮並乞寢罷取進止

辭男康章服劄子

臣久在病假今月十二日於延和殿入見并辭免新命以兩足無力拜起不得聖恩特許令臣男康入殿扶掖臣既不得請臣男復賜章服父子忝竊誠不自安所有臣男恩命乞賜寢罷取進止

乞與諸位往來商量公事劄子

臣近奉聖旨許臣乘轎子三日一至都堂聚議伏緣三省樞密院各有職事難以臣故必令三日一聚議

撿會去歲曾指揮遇假日有公事許於東西府聚議其東西府近北舊有便門臣欲乞於近南更開一便門臣今緣足疾未愈乞遇假日或日晚執政出省後布司各商量公事許乘小竹轎子往諸位商量其執政有欲商量公事者亦許來臣本位更不一一奏聞所貴論議詳盡事無留滯

乞進呈文字劄子

臣先奉聖旨權免赴前後殿起居許乘轎子三日一至都堂聚議又許肩輿至內東門外令男康扶掖至小殿引對臣以恩禮大重不敢輒當只乞於延和殿引見以兩足無力若無人扶掖委是全拜起不得乞今來入見及將來每遇入對並許令臣男康入殿遇

拜時扶掖奉聖旨令乘轎子至崇政殿門外於延和殿垂簾日引對餘並依前降指揮臣今月十八日合至都堂遇今日垂簾臣欲隨執政赴延和殿常起居及上殿進呈文字竊慮閤門以前來聖旨有免赴起居字及只令三日一至都堂後來聖旨無將來每遇入對並令許臣男康入殿遇拜時扶掖字不聽臣及男康入殿伏望聖慈傳宣閤門十八日許臣隨執政赴延和殿常起居及上殿進呈文字令臣男康入殿遇拜時扶掖仍自今後每遇入對並乞准此取進止

第二劄子

臣今月十六日曾具劄子奏乞於十八日隨執政赴延和殿常起居及上殿進呈文字尋蒙聖恩差入内

東頭供奉官徐湜封還仍傳宣且令入門下尚書省治事所有入殿起居且頤養筋力直候秋涼引對此乃聖恩憐臣疲羸恐不堪勞苦散且就安逸雖父母之愛其子恐不能如此之備臣隕身喪元無以為報然臣既係假治事若不以時入對面盡愚忠必裨萬一則與未係假時無異所以區區陳請不能自已臣今欲再乞於二十六日隨執政赴延和殿常起居及上殿進呈文字若至時自度其筋力委實不能支梧即乞如今來　聖旨只入門下尚書省治事候筋力稍完再乞[illegible]且可以支梧欲乞每遇垂簾日許隨執政赴延和殿常起居及進呈文字仍乞傳宣閤門自今後[illegible]入對計會臣男康入殿遇拜時扶

摘取進上

乞進呈文字第三劄子

臣自前月十二日參假以來兩曾具劄子奏乞隨執政官於三省並進呈文字皆蒙聖恩遣中使封回令候於涼 陛下矜憐老臣誠懇一何厚然 陛下不知臣不肖使待罪宰相宰相之職任輔佐天子謨明萬機朝夕在前啓沃獻替臣自閏二月二日降麻除左僕射屬在病假至今未嘗得一日與諸執政至簾前參陪國論雖許投進文字然中心委細無由一一具陳陛下徒閔其衰病欲使便安於一身不若使之竭盡愚忠無幾有補於天下臣爲私計豈不願宴安在家若顧公義豈得全無愧懼竊恐上則失 陛下所以擢用

臣之意下則失微臣忘身徇国之心况已奉聖旨權免前後殿起居朝會之勞十减七八臣自體當近日以來病勢亦以更减步履比舊時稍輕但兩足乏力若無人扶掖則全拜起不得今不免冒乞恩命無厭之罪伏望聖慈特降指揮令臣每遇殿上問聖體及謝恩等合拜之時特令免拜若在殿下常起居許令臣男康扶掖仍乞傳宣閤門每遇臣入朝許令臣男康隨入殿門如此則於臣羸病之軀優假已極於公家之務亦無所廢臣今欲乞如臣前奏於今月八日隨執政赴延和殿常起居及上殿進呈文字取進止

第四劄子

臣近曾三次具劄子奏乞與諸執政赴延和殿進呈

文字皆蒙聖慈遣中使封還云候秋涼雖天恩矜閔隆厚無窮然臣竊得待罪宰相豈可不於簾前參陪國論况今已立秋兼臣自體當得筋力差勝於前可以支梧若是無人扶掖全拜起不得欲乞如臣前奏候垂簾日許令與諸執政赴延和殿常起居同進呈文字并乞特降指揮自今後每遇臣入對許令臣男康隨入殿門取進止

乞赴延和殿常起居劄子 尋封回

臣昨乞自今後遇延和殿垂簾日赴起居奏事蒙聖恩依所乞為足瘡所有起居等宜特與權罷免拜及令男康扶掖入殿者臣若得男康扶掖實可以拜起臣既久不面天顏豈有全不拜之禮欲乞每遇延和

殿垂簾與呂公著同班常起居取進止

後殿常起居乞拜劄子

臣竊以人臣見君禮無不拜文彥博年齡位望皆逾於臣尚猶無起居猶須拜伏獨臣一人恩言不拜忝爲臣子實不自安欲乞今後與文彥博入朝與之同班不入朝即別爲壹班依群臣例起居況臣自揣近日筋力微增老[illegible]門臣男扶掖與常起居四拜殊不爲難伏望聖慈聽許以符朝廷之禮取進止

增廣司馬温公全集卷第八十一

增廣司馬溫公全集卷八十二

表狀　　箚記

陳乞宮觀表　第二表

謝生日禮物表　箚記

太皇太后謝表　箚記

辭免正議大夫表

太皇太后表

謝正議大夫表

太皇太后表

陳乞宮觀表

切以不能者止蓋量力以效忠有疾則辭豈愛身而

避事輒殫悃愊上瀆高明伏念臣學古迂疎受材淺薄惟不欺而行已豈有志於濟時徒以辱 先朝過聽之知荷 陛下非常之眷越從散地擢處近司雖智力之已窮諒毫分之無補屬嬰疾累仍旬時沉綿幾及於膏肓羸瘦僅存於皮骨桑榆向暮藥物難瘳未知朝謁之何期惟恐顛擠之無日千錢賦祿豈高臥而可當三事列居非養痾之所處夙宵興念怵惕匪寧何待人言固當自省伏望 皇帝陛下仁深惻隱明燭幽微曲成万物之宜不奪一夫之守使其全進退之義察其無矯激之心早賜允俞俾遂安養伏乞令臣宮觀差遣一任下情上達必冀於感通人欲天從誓期於得請

第二表

忱辭仰請勅異於必從溫詔報聞敢煩於曲諭荷并容之至廣增危懼以彌深再瀝愚衷仰祈重鑒念臣少而志學出則事君豈徒干祿以代耕顧已委身而許國切歎自行其志庶幾有補於時在凶敢以無忘況廟堂之致處自陷微政思竭愚忠盡歎知無不為期於死而後已儻非疢疾敢就便安蒙賜告之恩已將踰月在具瞻之任曷可瘝官久處公居坐尸厚祿豈敢沽名而自變蓋將端分以難安伏望 皇帝陛下感動至仁哀矜舊物回大明之久照察一介之微誠賜以殘年全其素守使得上還重任退即尋療終臣前奏除臣一宮觀差遣一任尋荷生成之恩猶

圖隕越之報

謝門下侍郎表

臣某言近上表辭免新除門下侍郎恩命伏奉
批荅不允者　母慈臨御　嗣聖亮陰登進弱臣眷
求舊物于非稱任辭不獲從臣某中謝伏念臣出自
諸生幸承素業守泥古之朴學乏絕世之遠猷逮事
仁皇備員諫省容逆鱗之愚直無補袞之嘉謀會
英祖之纂承進河圖之近密最膺異遇深亮孤忠及
先皇即政之初被内相代言之命尋忝司天憲擢貳樞
鈞終獲遂於懇辭蓋曲成於志守而臣涓埃罔効精
力早衰出守無能分臺得請留連祠館荏苒歲華不
圖仙駕之升永絕清光之望伏遇　皇帝陛下丕承

洪緒寅御中區訪問之謀丞先於群辟賜還之詔屢出於中宸抵于今茲中處以廟堂之上剏令始动政事繼請[illegible]翹首以仰風乃雖傾心而聽上斯天君臣嚮[illegible]日宗社安危之機必得非常之才以濟維新之治臣遭逢命弗叨居寵能盈憂謹當承元首之明竭股肱之力庶圖涓效仰荅追私臣無任戴天荷聖激切屏營之至

謝生日賜物表

臣某言伏蒙聖恩以臣生日特降詔書賜臣米麪羊酒者使臣傳命來[illegible]乃譽懋之特推異數豈某它[illegible]從今臣本自孤[illegible]遭[illegible]之統臨承贊襄之多候纓簪[illegible]積首[illegible]貴之深纖適當生

言之哀任責勵藝之感累朝舊例愍愚莫大以難追立
身揚名在顯親而何有敢煩曩賜不世之家庭雖邦禮
之有常在三恩而無稱此蓋代遇　皇帝陛下寵優
近列仁育群生臨馭廣大之養儀度含天之麗澤先事
後得顧愍錄臣之子發差爲忠誓言遂廉係指之節臣無
任感天荷聖激切屏營之至
勸乎
臣萬伏蒙　聖慈　生逢華旦服在近僚適當戴青
之辰復於下流一二會此蓋　皇帝陛下駕臣惟礼撫
物以仁體貌加隆不肥數兼遂異竭消埃之效仰酬覆
燾之私

謝太皇太后表

臣某言伏蒙 聖慈以臣生日特降詔書賜臣米麪羊酒者至仁垂眷多物分頒拜賜惟優汗顔有靦臣某中謝伏念臣器能淺陋術學迂踈仰膺簡注之隆進備弼諧之職適及始生之旦復叨厚下之恩及養無因感劬勞於茲日致礼有秩蒙慶澤以自天此蓋伏遇 太皇太后陛下坤厚兼容母慈廣被重近司之責任推異數以勸官特加餼廩之儀以示龍光之渥所生無忝敢忘夙夜之勤來事可爲益圖忠義之報臣無任云云

笏記

臣某伏蒙 聖慈云云叨陪国論庶補聖猷存記微生分頒多物此蓋 太皇太后陛下惠綏庶品優寵近

司錫以龍光加以餼廩誓殫駑力仰荅鴻私臣無任

辭免正議大夫表

臣某言伏奉制命特授臣正議大夫者中天霈澤近輔書勞亦及罔功豈宜虛受臣某中謝伏念臣素無他技唯繫孤忠誤蒙累聖之知寖服近僚之列頃因人乏之進貳宰司 先帝審訓群臣靡預誓言之末陛下嗣膺大寶曾無翊戴之勤豈弗畏於多言詎敢當於懋寵矧乃方任人而立政惟即命以記功將琛戒於官師臣先從於近始伏望 皇帝陛下慎司名器申勸臣隣收出綍之過恩亮循墻之愚懇爵惟馭責免上累於至公賞必及勞盖率由於舊典臣無任祈天俟命激切屏營之至

上太皇太后表

仁惟圖舊賞異及勞義所當辭情難冒處臣某中謝
伏念臣緣末學被遇累朝乏稽古之令猷無致君之
遠業入陪經幄久覩日月之光出領祠宮實荷雲天
之庇會慈宸之御極登嗣聖以承祧徒膺召使之求
進預同寅之列屬龍輴遠近稍紓今進於文階顧无
橫草之勤均被絲綸之澤輿情共鄙內訟靡遑伏望
太皇太后陛下洪造覽開至明燭隱循守馭臣之柄
無輕出器之名昭示至公斂已行之成命少安愚分
息彼已之嫌譏去無仕祈恩俟命激切屛營之至

謝轉正議大夫表

臣某言伏奉告命授臣正議大夫上表辭免奉批答

不允仍斷來章者高明繼照於大澤旁流施于今已還震惶無惜臣某中謝臣聞以皆爵賞則民興其心誼賑功爲賞則不絶覬覦茲德盛者其位隆力勤者其報厚勸沮斯在焉宜靡虛伏念臣學不適時才非經世謀塵近列最後諸臣三令躬穀二恭隆竭股肱而無補屬舉懋宮之曲咸曉衛上之方續用農聞褒章誤及雖危誠之備列絲成命之莫匪居寵無名在顏有靦此蓋伏遇　皇帝陛下馭臣惟禮厚下以仁優其進等之恩亶以致身之節乾坤至大均覆載以不遺日月無私委照臨而盡及永圖報塞唯誓靡捐

謝太皇太后表

臣某言伏奉　告命授臣正議大夫上表辭免奉批答

不許仍斷来章者明綸誒及渙汗難收弗獲懇辭終
懃冒處㠯其中謝伏念自陪機政無補聖猷雖夙夜
以自強惟事功之匪立每流年之是惜加衰疾之所
嬰敢以瘝官復當懋賞是以歷陳故實備述悃誠荐
奉詔音兩紆使節對天威之咫尺煩眷訓之丁寧循
走無從強顔祗授此蓋伏遇 太皇太后陛下至仁
勤施大德兼容推均一於鳲鳩昭忠厚於行葦躰乾
坤之覆育品物不遺並日月以照臨光明下濟誓殫
駑力仰荅鴻恩臣無任感恩荷聖激切屏營之至

增廣司馬温公全集卷八十三

辭龍圖閣直學士第一狀

第二狀　第三狀尋得旨免讓職餘依前降旨揮

辭翰林學士第一狀

第二狀　第三狀

除待制舉官自代狀

貢院乞逐路取人狀

辭龍圖閣直學士第一狀

右臣准閤門告報已降勅命除臣依前尚書吏部郎中充龍圖閣直學士兼侍講並依舊者臣塵忝諫

職於今兹無聞無績上忝洪私益厥德自非聖度含容豈
免誅責每自循省心不遑安向亦屢曾奏陳乞補外
任天聽未允寵勉至今不敢再有祈請以取煩瀆之
罪豈意大恩復加褒進聞命惶懼措若墜冰炭臣雖庸
愚何敢膺受伏望 聖慈矜憫曲從所欵許臣只以
舊職知河中府或襄鄧晉絳一州使竭其駑蹇之分
以酬天地生成之施臣不勝大幸所有龍圖閣直學
士不敢祗受取進止

辭龍圖閣直學士第二狀

右臣近曾進狀伏乞以舊職知河中府或襄鄧晉絳
一州所有龍圖閣直學士勅告不敢祗受自來未奉
指揮者臣伏覩 真宗皇帝天禧元年勅置諫官詔

書節文候及三年或職業無聞公言罔覬移授散秩仍遣監臨臣自嘉祐六年七月初入諫院供職到今已涉五年智能淺薄志氣庸懦不能闡發大猷補助
聖政竊禄偷安虛損歲月譴黜之典已爲後時今乃使之叨冒寵名仍留舊任臣猶自愧况於它人是以瀝懇自陳庶幾燭察若 朝廷矜其愚昧未用天禧
詔書特行降責伏乞依臣前奏許以舊職知河中府或襄鄧一州所有除龍圖閣直學士敕告不敢祗受

辝龍圖閣直學士第三狀（尋得旨免諫職餘依前降旨揮）

右臣近兩次進狀乞舊職知河中府或襄鄧晉絳一州往中書劄子奉 聖旨不許辤免便令受告敕者承乏諫職首尾五年自國朝以來居此官者未有如

臣之久臣資性愚戇惟知報国竭盡朴忠與人立敵前後甚衆四海之内觸處相逢常恐異日身及子孫無容臣之地以此朝夕冀望解去如處沸鼎之中恩寒泉之救但以職當言路不敢無故求出盤桓強留以至今日不意　朝廷更加奬擢授以美職仍居舊任既荷寵禄則卒無得去之期禍敗罪誅必不可免是以人用為喜臣獨為憂人用為榮臣獨為懼四顧徊徨無所逃竄進退失圖誠可矜哀儻不許於君父使之何所依投伏望　聖慈憫其久在諫職使得息肩於外依臣前奏只依舊職知河中府或襄鄧晋絳一州所有新除龍圖閣直學士勑告不敢祗受取進止

辭翰林學士第一狀

右臣切聞已降勑告在閤門除臣翰林學士者臣聞人臣之義陳力就列不能者止臣自從仕以來佩服斯言不敢失墜頃事　仁宗皇帝蒙除知制誥臣平生拙於文辭不敢濫居其職瀝懇固辭　仁宗皇帝察其至誠遂賜開許今翰林學士比於知制誥職任尤重固非愚臣所能堪稱聞命震駭無地自處況臣於　先皇帝時以久官京師私門多故曾累進狀乞知河中府或襄虢晉絳一州後值國有大故及所修君臣事迹並未經奏御以此未敢上文字日近方欲再陳乞不意忽叨如此任用特賜哀矜遂其微志許以舊職知河中府或襄虢晉絳一州若數州未有闕

即乞於京西陝西路除一州差遣如此則上不累於
公朝之明下不失於私家之便誠為大幸干冒宸嚴
臣無任皇恐戰慄之至

辭免翰林學士第二狀

右臣近於閏三月二十九日曾進狀辭免新除翰林
恩命乞知一州差遣至今未奉 朝旨者臣切以唐
室以来士人所重清要之職無若翰林自非天下英
才聲稱第一詳識典政富有文章雖欲冒居豈厭
聖意臣稟賦頑鈍百無所堪在於屬辭尤為鄙拙安
敢強顏輒為此職人雖不言能不內愧是用輸肝瀝
膽責實自歸惟仁聖鑒其中悃力小任重慙懼交攻
坐炭履氷未足為論特遂所志使之自安天地至恩

無以過此所有翰林學士勑告臣不敢祗受伏乞依臣前奏只以舊職於晋絳或京西陝西路除一知州差遣干冒宸嚴無任皇恐

辝免翰林學士第三狀

臣近蒙聖恩除翰林學士已曾兩次進狀辝免乞一知州差遣奉聖旨不允令便受勑告者臣非不知差官難得詔旨難違然所以須至再三煩瀆天聽者誠以人之材性各有長短人臣當陳力就列如此則事無曠廢上下得宜臣自幼小以來雖稍曾讀書而禀性愚鈍拙於文辞若使之解經釋史或粗有所長至於代言視草最其所短今若苟貪榮寵妄居此職万一朝廷大有號令或除拜稍多臣才思竭

陋必至闇筆縱使勉強得成其鄙惡必甚以之宣布四方使共傳笑豈惟彰微臣之醜亦恐為朝廷之羞此臣子所以寧犯譴怒之誅而不敢當清華之選也陛下若察其至誠知非矯飾特賜哀矜寢罷新命則是掩臣所短全臣所長生成之恩孰大於此况臣自通判并州得替住京十有餘年去歲兒里身亡孤遺無人照管臣累曾奏先帝乞家便一官亦蒙聖恩許俟修書略成規矩即除外任無何先帝奄弃天下臣哀荒失圖未敢叙陳近方款具所修前漢紀三十卷先次進呈然後以私懇上干陛下聖聽不期忽有今兹恩命誠非愚臣本心所願夏憂皇蹐踖無所容措伏望聖慈依臣前奏只以舊職於晋絳

州或京西陝西路除一知州差遣所有翰林學士勑告臣不敢祗受取進止

除待制舉官自代狀

伏見三司度支判官尚書刑部郎中充集賢校理馮浩脩己以謹與人以誠端良無邪恬淡不競居常斂大有容臨義據正堅强不奪久在文館屢更任使度材量德臣實不如今舉自代

貢院乞逐路取人狀

准中書批送下知封州柳材奏欲乞今後南省考試進士將開封国學鏁廳舉人試卷各同糊名其諸道州府舉人試卷各以逐路糊名委封弥官於試卷上題以在京逐路字用印送考試官其南省所放合格

進士乞於在京逐路以分數裁定取人所貫国家科第均及中外如允所請乞下兩制詳定者右謹具如前當院令將簿籍勘會近歲三次科場内嘉祐三年国子監得解人及免解進士共一百一十八人及第者二十二人約五人中取一人開封府得解及免解進士共二百七十八人及第者四十五人約六人中取一人河北路得解及免解進士共一百五十二人及第者五人三十人中取一人京東路得解及免解進士共一百五十七人及第者五人梓州路得解及免解進士共六十三人及第者二人並約三十一人取一人廣南東路得解及免解進士共九十七人及第者三人約三十二人中取一人荆湖南路得解及

免解進士共六十九人及第者二人約三十四人中取一人廣南西路得解及免解進士共二十八人利州路得解及免解進士共三十六人夔州路得解及免解進士共二十八人及第者各只一人河東路得解進士共四十四人全無人及第嘉祐五年國子監得解及免解進士共三百六十八人及第者六十九人並約四人中取一人京東西路得解及免解進士共一百五十七人及第者五人約三十人中取一人荆湖南路得解及免解進士共九十八人及第者三人約三十四人中取一人廣南東路得解及免解進士共八十四人及第者二人約四十二人中取一人河東路得解及免解進士共二十二人陝西路得解及

免解進士共一百二十三人及第者各只一人荆湖北路得解及免解進士共三十六人廣南西路得解及免解進士共六十三人廣東路得解及免解進士共三十二人並全無人及第嘉祐七年國子監得解及免解進士共一百一十一人及第者三十人約四人中取一人開封府得解及免解進士共三百七人及第者六十人約五人中取一人荆湖南路得解及免解進士共六十八人及第者二人約三十四人中取一人陝西路得解及免解進士共一百二十四人及第者二人約六十二人中取一人河北路得解及免解進士共一百五十四人河東路得解及免解進士共一百五十四人河西路得解及免解進士四十

五人荆湖北路得解及免解進士共二十三人及第者各一人廣南東路得解及免解進士共七十七人廣南西路得解及免解進士共六十三人利州路得解及免解進士共二十八人並全無人及第以此比較在京及諸路舉人得失多少之數顯然大段不均葢以朝廷每次科場所差試官率皆兩制三館之人其所好尚即成風俗在京舉人追趍時好易知體面淵源漸染文采自工使僻遠孤陋之人與之爲敵混同封弥考較長短勢不相侔孔子曰十室之邑必有忠信如丘者焉言雖微陋之處必有賢才不可誣也是以古之取士以郡國户口多少爲率或以德行材能隨其所長各有所取近自族姻遠及夷狄無小

無大不可遺也今或數路之中全無一人及第則所遺多矣国家用人之法非進士及第者不得美官非善爲詩賦論策者不得及第非遊學京師者不善爲詩賦論策以此之故使四方學士皆弃背鄉里違去二親老於京師不復更歸其間亦有身負過惡或隱憂匿服不敢於鄉里請解者往往私置監牒妄冒戶貫於京師取解自間歲開科場以來遠方舉人或憚於往還只在京師寄應者比舊尤多國家雖重爲科禁率至於不用蔭贖冒犯之人歲歲滋多所以然者蓋由每次利場及第進士大率是國子監開封府解送之人則人之常情誰肯去此而就彼哉夫設美官厚利進取之塗以誘人於前而以苛法空文禁之於

後是猶使洪可之尾而捧土以塞之其勢必不行矣書曰無偏無黨王道蕩蕩國家設賢能之科以待四方之士豈可使京師詐妄之人獨得取之今來柳材起請科場事件若行而依之委得中外均平事理允當可使孤遠者有望進達僥倖者各思還本矣難者必曰國家比設封彌謄錄以盡至公其諸路舉人所以及第少於在京者自以文藝疎拙長短相形理宜黜退今若於封彌試卷上題在京逐路字号以憑試官挾私者因此得以用情是大不然國家設官分職以待賢能大者道德器識以弼諧教化其次明察惠和以拊循州縣其次方略勇果以扞禦外侮小者刑獄錢穀以供給役使豈可專取文藝之人欲以備百

官識向万事邪然則四方之人雖於文藝或有所短而
其餘所長著益於公家之用者盖亦多矣安可盡加
弃斥使終身不仕邪凡試官挾私者不過徇其親知
鄉黨今雖題逐路字号若試官欲徇親知則一路之
人共聚一處不知何者爲其親知若欲徇一鄉黨則
一路之中所取自有分數豈可偏於本路剩取一人
以此言之雖題逐路字号試官亦無容其私也今欲
乞依鄉村起請今後南省考試去厺裁定取人若
朝廷尚以爲有所嫌疑即乞令封彌定將國子監開
封府及十八路臨時各一字爲偏傍立号假若國子
監盡用乾字開封府盡用坤字京東路盡用离字京
西路盡用坎字偏傍其餘路分並依此例委知貢舉

宮於逐号之中考校文理善悪各隨其所長短每十人中取一人奏名不滿十人者六人以上五人以下更不取人其親戚舉人別試者緣人數至少更不分別立号只依舊條混同封彌分數取人其合該奏名者更不入南省奏名數內如允所奏乞降指揮下貢院遵守施行

增廣司馬温公全集卷八十四

章奏

乞虢州第一狀

臣不避斧鉞仰瀆聖聽臣本貫陜州夏縣丘壟宗族但在彼中自先臣亡歿及臣服闋以來十五有餘年守官未嘗得近鄉里止曾一次請假焚黄得往展省墳墓

中心念此朝夕不忘近日方欲上煩朝廷乞家便一官又爲臣判西京南曹未及一年又陝州言通判鄉假來省歸所以今來陳請今竊知已陞勅命授臣開封府推官於臣之分誠爲榮幸然臣有此私懇須至披陳加以稟賦愚暗不明吏事簿書繁劇非所長必慮不職以煩有司伏望聖慈特賜矜察除知虢州或慶成軍一次情願守待遠闕庶得近便歸葬先塋或上件處所無闕乞且歸鄉供職候有闕日特賜差除干冒宸嚴臣不任懇切惶懼之至

乞虢州第二狀

蒙恩授臣開封府推官臣爲久不曾到鄉里及自知才性疲駑不任劇職曾奏乞知虢州或慶成軍一次

奉　聖旨不許辭免就職以来已踰半歲體素多病
牽強不前知虢州即今有闕臣欲乞依前来所奏差
知虢州一次或已除人即乞候主判登聞鼓院尚書
省閑慢司局有闕日差除一處庶幾守官不至曠敗
干冒宸嚴臣無任戰汗激切屏營之至

乞虢州第三狀

伏自去歲聖恩除開封府推官以来臣以久不到陝
州鄉里及資性駑下不任劇職兩曽乞差知虢州或
主判登聞鼓院及尚書省閑慢司局不蒙聽許臣以
開封重難之處不敢更有陳請今竊知已降勑命除
臣判三司度支句院竊緣臣禀賦愚鈍素無才幹省
府職任俱為繁劇去此就彼皆非所宜若貪榮冒居

必致曠敗内省僥忝誠不自安欵乞依前來所奏差知虢州或主判登聞鼓院及尚書省閑慢司局若俱無闕則乞知絳州乾州在京閑慢差遣一次干冒宸嚴臣無任懇切戰汗屏營之至

辞修注第一狀

伏奉勑差臣同修起居注臣性識庸昧學術空淺循塗平進猶懼不稱況記注之職士林高選若以敘進則先達尚多若以才能則最出衆下豈敢不自揣度貪冒榮寵内循愧怍人將謂何承命震恐殆無容措伏望聖慈俯賜矜察更擇時彥以副群望

辞修注第二狀

伏准中書劄子不許辞免便令受勑者臣聞人主度

才然後授任人臣量能然後就職是以上無曠官下無竊位臣雖愚戇粗識茲義今修注之官日侍黼扆瞻望清光仕進之塗無此爲美臣非惡居顯榮樂在疎賤顧以駑下之質不相當稱苟强顔爲之不惟取四方觀笑爲士友所責亦恐用非其人貽朝廷羞臣愚所慮正在於此是以傾輸悃愊昧死自陳今制旨益嚴未賜開可臣夙夜震懼不知所圖豈辭語拙訥不能著白將誠信未昭無以感發俛仰惶惑若懷冰炭是用再有披露仰達天聰不敢避煩瀆之誅庶幾逃忝冒之罪所有差同修起居注勑臣不敢祗受乞依前奏更賜擇人臣無任激切俟命之至

辭修注第三狀

依准中書劄子奉聖旨令臣依前降指揮不許辭免便令授勑者臣區區之誠屢塵天聽言理鄙拙未蒙采納退自悼懼置躬無所臣雖愚陋豈不知非常之恩不可輕得詔命之嚴不可屢違所以冒犯雷霆祈請不已者誠以人臣之義陳力就列不能者止臣自釋褐從仕佩服斯言奉以周旋不敢失墜仕進本末皆可覆按鄉者承上庠之乏充文館之員補奉常之屬給太史之役未嘗敢以片言避免煩浼朝廷蓋以解摘章句校讎文字考尋儀典編次簡牘苟策勵疲駑庶幾可以逃於罪戾是以聞命之始即時就職至於修起居注自祖宗以來皆慎擇館閣之士必得文采閎富可以潤色詔命者然後為之臣自幼及長雖

粗能誦習經傳涉獵史籍至於屬文實非所長雖欲力自切劘求及等輩惟有常分不可強勉儻不自揣忖貪冒榮寵異時驅策有所不稱使四方之人環目譏笑以爲盛明之朝容有竊位之人其爲聖化之累豈云細哉如是則雖伏質橫分不足以補塞無狀此臣所以夙夜惶悸欲止不能者也且臣前後所陳剖心折肝莫非懇到而朝廷棄置其言曾不加省是不以情實待臣也意者使臣言出於誠陛下矜而聽之足以盡下情從物欲使臣言出於僞陛下亦因而許之足以沮姦回譖媮薄臣竊爲朝廷計二者皆未爲失也今臣所陳請已及再三而陛下拒之愈堅督之愈急使拳拳之志無以自明豈上下坦然推心相信

之道哉臣不勝憤懣伏望聖慈依臣前奏更賜擇人所有同修起居注勑臣不敢祗授。

辭修注第四狀

伏自蒙恩差臣同修起居注已三次奏陳不敢受勑更乞擇人今又准中書劄子奉聖旨令臣依累降指揮便受勑更不得辭免詔旨丁寧至于三四而臣偃蹇自遂是謂不恭若正典刑罪死無赦然臣知而不敢避者誠以罪有大於此者故也臣聞虞書曰無曠庶官事無鉅細皆分理天職王者猶不敢私非其人況人臣而敢叨居其位乎如是則雖無國討必有天刑臣雖頑愚粗知自愛雖日遷九官所不願也臣鄉辭開封府推官及判三司度支句院朝廷一有指揮不

今辭免臣即時就職豈以材力爲足堪其任哉竊自惟度以爲朝命已行必不可移雖章奏煩多終無所益是以黽勉從事不敢復言及覩王安石前者差修起居注力自陳懇章七八上然後朝廷許之臣乃追自悔恨鄉者非朝廷不許由臣請之不堅故也臣今所以煩瀆聖聽不能自已雖加重誅所不敢逃況王安石文辭閎富當世大儒四方士大夫素所推服授以比職猶懇惻固讓終不肯爲之臣虛跡何足稱道比於安石相去遠甚乃敢不自忍恥以當非常之命乎使臣之得及安石一二則臣聞命之日受而不辭今臣內自省循一無可取乃與之同被選擢比肩並進豈不玷朝廷之舉爲士大夫所羞哉比臣所以彷

徨亦不敢受者也伏望聖慈察臣誠心且令循守舊職更賜推擇當今僚屬之人可與安石爲比者使同修起居注如此則賢不肖各當其分能不能各適其宜下情獲安衆望惟允所有勑命未敢祗受

辭修注第五狀

先奉勑差同修起居注臣四曾上奏乞更擇人今又准中書劄子奉聖旨令臣依累降指揮更不得辭讓便令授勑供職者臣要領如草芥不足以待斧鉞軀命如螻蟻不足以膏鼎鑊今屢違明詔當伏重誅然臣區區之情亦冀朝廷少賜寬察臣自知材能不足塞職歸情上聞煩瀆聖聰至于四五刳肝瀝膽盡卷溢幅臣之情亦極矣臣之辭亦殫矣雖欵重複稱引

無以復加而朝廷以臣賤微終不之聽臣晝夜憂懼無以自存俯仰三思進退惟谷夫詔命至尊微臣至卑修注至榮罪誅至辱今臣以卑逹尊去榮就辱原其本志豈有他哉正欲朝廷任官皆得其人愚臣處身不失其分而已若聖恩矜而許之則豈惟愚臣之幸亦可以少有補於國家也臣章奏煩多而詔旨不移豈惟使臣[illegible]不虞之罪不容於譴黜抑亦恐四方之人謂朝廷之於賢材如此之比尚足固留也不勝迫切之情伏望聖慈依臣前奏更賜擇人所有勅命未敢祇受。

增廣司馬溫公全集卷八十五

奏議

辭知制誥第一狀

辭知制誥第二狀

辭知制誥第三狀

辭知制誥第四狀

辭知制誥第五狀

辭知制誥第六狀

辭知制誥第七狀

辭知制誥第八狀

辭知制誥第九狀

辭知制誥第一狀

右臣近蒙中書召試制誥切聞聖德已除臣本官知制誥續又令兼侍講數日之間寵命相繼在人爲榮在臣甚懼切以一職文士之高選儒林之極致古之英俊尚或難兼況於微臣愚陋無比一身三任力所不堪豈敢冒居以取傾覆　聞之寢忘餐惕然只懼且臣自小及長章句之學粗嘗從事至於文辭實爲鄙野向者辭免修起居注非謂不能記録言動切恐循次而進典掌誥命取媿四方以爲大辱是以披心自陳至于四五誠懇不著不蒙開允雖黽勉就職而夙夜惶懼未嘗少安近者被召之日再欲具此奏陳又以比來朝廷擢用數人雖辭避至堅未嘗得請而或者

不諒其心以爲釆名恐復虛發如前所爲是以躊躇彷徨不免越試除命既降强顔忍恥亦欲就職以俟疵咎布彰自當退黜今者切聞天章閣待制呂公著與臣今時被召公著辭讓不至　朝廷已降公著天章閣待制兼侍講臣迺始自悔恨輒以去意　朝廷當伏重誅臣雖無知若使秉讓有恥者弃置不收貪冒苟得者進受華顯不惟上虧　聖朝風化亦使微臣受四海之責也將不得單[illegible]其死所有除知制誥勅誥臣未敢祗受乞更擇文材兼茂與職業相稱之人以代臣庶幾克[illegible]遠近之望寬恩臣之罪其侍講恩命臣更不敢辭

辭制誥第二狀

右臣今月十四日曾有奏陳以知制誥之職非臣所堪乞更擇人未蒙允許臣夙夜皇恐不知所措臣與呂公著被召公著因辭得請而臣獨蒞職是公著廉讓而臣無愧恥也臣雖甚愚誠不忍以身居下流蒙受衆惡爲世汚澤雖獲美官將何榮之有且公著沉有淵懿士林推服文學行能非臣之比名位寵禄臣安敢先之昔施氏卜宰皇句須吉施氏之宰有百室之邑與皇句須邑使爲宰以讓鮑國而致邑焉施孝叔曰子實吉對曰能與忠良吉孰大焉少室周爲趙簡子之右聞牛談有力請與之戲弗勝致右焉簡子許之曰今自知不材請釋美官以授能者雖不足比迹大賢庶幾得從皇句須少室周之後其榮多矣伏

望朝廷察其區區特賜矜許其除知制誥勑告臣不敢祗受乞授公著或別擇人不勝大幸

辤知制誥第三狀

右臣今月十四日十七日兩曾上奏辤免知制誥乞更擇人未蒙開許臣聞明王度德而定位忠臣程能然後受職是以分不亂於上能不窮於下治辨之要莫尚於斯臣自知文字悪陋又不敏速若除拜稍多詔令塡委必閣筆拱手不能供給縱復牽合鄙拙尤甚暴之四遠爲人指笑又貽 聖朝愧耻謂之乏賢故爲公家之謀則莫若用其所長營一身之私則莫若避其所短夕寐晨興慮之已熟始敢披陳干浼天聽剖肝瀝膽莫非懇切自脩注已來前後非一而

昭昭之誠無由上達屢觸報聞不蒙省察或者謂臣
修起居注自應知制誥與吕公著不同公著當辭臣則當
受凡自修注知制誥者非有祖宗法令著於方册特
近歲相承之例耳　祖宗之時但取其庶官之中有
辭藻者即知制誥不必皆以修注爲之其修注或改
他官不必皆知制誥也夫以資塗用人不問能否此
例從事不顧是非此最國家之弊法所宜革正者也
又謂臣就試已畢不當復辭臣就試之日以爲公著
辭未必免臣試未必中是以不辭今公著獲免而臣
忝恩命則今日辭之亦未爲晚也且過而能改猶愈
於迷而不復見賢思齊愈於受爵不讓況臣修注之
初已嘗辭免至于四五而朝廷不允伏望　聖慈特

賜哀察使臣服勤它役惟力是視其制誥勑告臣不敢祗受乞更賜擇人

辭知制誥第四狀

右臣昨三次上奏辭免知制誥乞更擇人奉　聖旨令依累降指揮不許辭讓令更受告勑臣向者忝乏諫官曾上言以爲致治之道任官最急人之材性各有所宜雖以稷契皋夔之賢皆守一官終身不易況今群臣固非其比當度材而受任量能而試職奏牘具存事可按驗今臣自知文辭鄙野不足以充知制誥之職若止以修起居注資塗相值循例序進恬而有之曾不愧畏是臣但能譏評它人曠官竊位而受爵不讓至于己斯亡此乃欺罔天聽靜言庸違當伏

共兜之誅以清唐虞之治臣雖甚愚决不敢爲伏望
聖慈察臣前後所奏特賜允從其知制誥乞賜别擇
人所有勑告不敢祗受

辤知制誥第五狀

右臣先曾四次上奏乞免知制誥别賜擇人奉 聖
旨依累降 聖旨不許辤讓令便受告勑臣幼嘗涉
學粗知臧否豈敢以譎詐之心上欺君父顧人之材
分各有所宜若貪榮冒居使職業廢墜則探囊胠篋
乃竊盜之微者皆不足誅也臣雖小人實不敢爲是
以向者不辤於召試之初而辤於呂公著辤免之後
誠欲果於得請不爲虚發故也今若因循苟且復往
就職則臣進退之迹自可猜慤況如此人誰不譏笑

如是則臣出入禁闥何心自安陪接縉紳何施面目
顧視僮僕何以為容是以違犯天威不敢避死但求
自免而詔命愈堅終未置舍臣誠愚昧不識所謂意
者朝廷以臣所言皆為矯偽不足聽察若使臣言
出於矯偽當正典刑以警姦罔若出於至誠當從所
請使上無曠官下無竊位奈何前後奏章直加屏棄
不復省察還賜之詔臣何以自明若以近例修起居注
不因罪累譴責黜及親嫌相避而去為它官者劉騭
知衛州潘慎修遷左司郎中許袞判吏部南曹劉燁
改工部員外郎兼侍御史知雜事丘雍充淮南都大
制置發運使徐奭充兩浙轉運使蔡齊改禮部員外
郎兼侍御史知雜事[illegible]尚充兩浙轉運使高餗罷守

本路陳訓六二月司戶[illegible]副使葉清臣充兩浙轉運使
趙槩充天章閣待制[illegible]南轉運使蔡襄知福
州以是知[illegible]雖近例[illegible]制誥也臣今悃款迫
切無以復加伏[illegible]賜哀察若使臣得遂其
志畏去罪辱而[illegible]日還十官未足方其幸也
所有知制誥勅告[illegible]敢祗受乞賜別擇人

辭知制誥第六狀

右臣先曾五次上奏乞免知制誥別賜擇人奉聖
旨令臣依累降指揮不許辭讓使授告勅者臣聞晉
羊述每受職不為虛讓其有所辭則必不受及遷尚
書令其子坦之諫以為故事應讓述曰汝謂我不堪
邪坦之曰非也但克讓自美事耳述曰既是云堪何

爲復讓臣切重述知爲人臣陳力就列之體心常慕之臣自弱冠以来投牒應舉入朝求仕豈偃蹇山林不求聞達之人耶顧力有所不任則不敢盜國家祿位恐職事廢闕陷於刑辟故自度材分可以策勵雖高位不敢辭不可強勉雖小官不敢受向者蒙　聖恩除館職諫官侍講臣皆不敢以一言辭讓蓋以館職掌比校文字為諫官掌規正得失侍講解經術皆不專以文辭為職故也今臣自修起居注以来前後辭免章十餘上止為文辭鄙惡不堪典告命而已終未蒙　朝廷賜察是以奏牘煩多喋喋不已頗爲時人所怪其愛臣者以爲讓榮利惡臣者以爲飾虛詐要之二者皆未得臣之心夫有諸中而辭諸外然後

謂之讓若臣者無諸中而不敢為者也安得謂之讓哉譬如使羸夫負百鈞之重而與之千金羸夫為辭彼非不欲金也力不任故也夫飾者内欲之而外不取將以有求也今臣不就美官屢違詔命上煩下怪將抵罪誅尚何求哉且苟能其官而固讓不止則朝廷百官皆無人可為非天下之通法也臣故謂如王述能則為之不能則止為得其宜臣雖才非古人願附王述之志若始者可受則不若勿辭辭之不可復受伏望聖慈特加矜察其知制誥勑告臣必不敢祗受乞如前奏別賜擇人

辭知制誥第七狀

右臣先曾六次上奏辭免知制誥乞更擇人奉聖

旨令臣依累降指揮不許辭讓便授勑告者臣天性樸騃無它技能惟守信誠是爲操履平居與等輩語言猶不敢欺况以奏牘聞於朝廷苟有毫髮不實不惟　陛下睿聖憲章嚴明天地鬼神亦所不容臣之愚意但以知制誥之職當取天下文章高妙逾衆絶倫者以充其選如臣野陋實不堪稱竭懇自歸前後非一而聖恩確然終未開察臣切自傷悼幸生盛明之世而昭昭之心無以自列若黽勉包羞奉承詔旨則天下之人皆謂臣已試而復辭已辭而復就蓋習知朝命重於改移因欲飾讓以盜虚名如此則臣生負大罪死負餘愧雖進極榮顯不若啜菽飲水長得布衣也臣若得請於朝則不肖之迹庶幾猶有以自明

如其不然則矯僞之名至於身没骨朽不可湔洗臣
夙夜念此寤寢則不安食則失味進退遑遑身無所措
是敢不避煩瀆冒犯天威伏惟　聖慈哀其窮迫特
寢恩命使服它官以報万一死不敢辭若朝廷以臣
頑蔽不恭治臣之罪削黜流放靡不甘心所有知制
誥勑告必不敢祗受乞如前奏別賜擇人

辭知制誥第八狀

右臣前曾七次上奏乞免知制誥奉　聖旨令臣依已
降旨揮不許辭讓便受勑告者臣切聞去歲權御史
中丞王疇上言近年以來中外臣寮或因較量差遣
或因論辨身計或因進以干譽或因罪以覬免肆爲
妄談輒形奏章皆心語兩違情實交爰外示輕爵祿

之發以欺於衆內實計分銖之利而爭於上遺義忘
恥至於再三罔詐而安爲小人之行　陛下聖慈仁
愛包荒時貰含容不問彼小人者亦豈識恩德之隆
哉欲望　朝廷處分今後臣下有發言作僞迎前所陳
者罷出言路斷罪施行　聽許如此則罔上邀利者知所畏
而士之行己有恥事君以誠者少以勸矣奏　聖旨
今後臣僚所陳有似此情僞詐謂根者令中書樞密
院取旨施行凡臣僚所言責己處之大弊臣亦疾之如
疇之[illegible]人臣自畫像試居汴以來前後辭免十有三
次其[illegible]是循格而舉不聽從己所欲使不肯之
述稱[illegible][illegible]自新者以臣爲詐則罔上邀利章奏煩多
無已若[illegible]言無以身試謂之前令之必行蒸爲

陛下清光顧念亦自報國之效出所有知制誥勅
告必不敢祗受乞更別賜差人

辭免知制誥第九狀尋除改天章閣待制

右臣先曾八次奏陳乞免知制誥奉　聖旨令依累
降宣旨更不得辭讓便受告勅者臣以愚懇煩瀆天
聽前後非一　聖朝寵然終不聽許臣誠戇愚不識所
謂豈此職非臣可爲耶辭從臣所請則隨紊絕綱
敗壞風俗耶何請之之勸而拒之之堅也若以爲非
臣不可爲則方今詞臣滿朝英俊比肩棄而用之無
不稱職若以爲隨紊綱紀敗壞風俗則臣之微志正
欲朝廷無曠官羣下無竊位而已於紀綱風俗亦無
所虧損不然者臣之所爲果悖理傷道朝廷令之不

從諭之不入至于四五至于八九侮慢威命死此爲
甚則當殛之四裔以禦魑魅豈有但已者也臣不勝
迫切之誠伏望聖慈察臣前後所奏或賜從允或加
譴謫臣知制誥敕告必不敢祗受

溫八十五　九

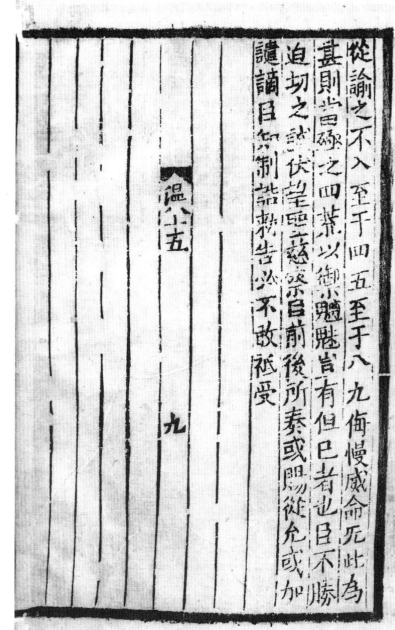

增廣司馬温公全集卷八十六

奏議

除兼侍讀學士乞先次上殿

臣累日前曾上殿論列張方平復來續聞除臣翰林

學士兼侍讀學士臣智識頑闇不達聖心以為朝廷大政必當辨是與非人臣事君不可辭難就易是以不勝狂狷復有奏陳伏蒙聖恩曲賜手詔過加奬諭以至意温密纖悉提耳諄諄臣雖木石亦將開悟況含氣血得為人類自咎愚迷九死難贖伏地流汗無所容入愧感之極涕泗滂沱誠宜即時奔赴闕廷祗受詔命然臣尚有私懇須當面陳欵望聖恩先許上殿敷奏稟取聖旨然後退授勑告不勝死生幸甚取進止

乞免翰林學士

臣今日上殿曾有敷奏以聖旨令讀資治通鑑其書卷帙尚少須至日近接續編修史籍煩多恐難應副

禁林文字乞免翰林學士一職伏蒙聖恩宣諭但令權免學士院文字臣退自惟念若取學士之名以自榮而不供學士之職竊位素餐孰甚於此在臣愚分誠不自安況侍讀學士資序一同俸給仍優伏望聖慈特賜矜察許臣只以侍讀學士專修資治通鑑如此則材器稍宜職業無曠遂其私願粗免愧心不勝幸甚取進止

辭免館伴劄子

臣近爲差館伴北朝人使曾進狀辭免今日蒙聖恩差中使宣諭以人使將至有合商量事節令臣不得辭免早詣中書樞密院看詳文字臣竊惟館伴北朝乃兩制常程差遣臣所以輒違聖旨毎三固辭者非

敢避事偷安誠以人之才性各有能否不可牽強陛下以臣講讀經史粗有可采而使之應對賓客此實非臣所長夫以鄭國區區將有諸侯之事猶使裨諶草創世叔討論子羽修飾子産潤色然後接四方之賓客故鮮有敗事况聖朝包戈偃革專以文德懷撫北夷信使往來議論國事折衝禦侮呼吸成變一言差忒實繫安危臣豈敢不自揣量忝居其任臣竊以名犯北諱元不曾接伴亦不曾奉使兩朝事體正如牆面虜中情偽分毫不知加以稟性昏戇遇事褊直今若使之館伴恐語言之際必有遺忘差錯或漏泄之事或抵觸使人万一如此以貽朝廷之憂雖加臣以重誅終無所益伏望聖慈矜察於兩制中別選差

才敏之人館伴北使責無所闕誤

辭免裁減國用劄子 明日有旨只委三司差官管句

臣近曾乞別選差官裁減國用奉聖旨不許辭免臣以非才叨忝美職月受厚俸常自愧恐無有報稱若能有益於國臣何敢辭竊惟方今國用所以不足者在於用度大奢賞賜不節宗室繁多官職冗濫軍旅不息此五者必須陛下與兩府大臣及三司官吏深思其患力救其弊積以歲月庶幾有效固非愚臣一朝一夕所能裁減也若但欲知慶曆二年裁減國用制度比見今支賞不同數目只下三司令供楷聞奏立可盡見臣愚以爲不必更差官置局專領此事今臣所修資治通鑑委實文字浩大朝夕少暇難以更

兼錢穀差遣取進止

乞聽宰臣等辭免郊賜劄子

臣伏覩宰臣曾公亮等奏以河朔菑沴調用繁冗欲望將來大礼畢兩府官寮更不賜銀絹奉聖旨學士院取旨議者或以為兩府所賜無多納之不足以富國而於待遇大臣之礼太薄頗為傷體臣愚切以為不然古者冢宰制國用視年之豐耗量入以為出固不可於飢饉之時守豐登之法也是故歲凶年穀不登君膳不祭肺大夫不食粱士飲酒不樂明君臣上下皆當深自貶損以救民急也臣竊惟國家帑藏素已空虛重以今歲河北之民災害特甚曏者慶曆之末河决商胡民田雖傷官倉無損而河北父子相食

饑殍蔽野今河決之外加以地震宮府民居蕩為異壤継以霖雨倉粟腐朽軍食且乏何暇及民冬春之交民必夭困甚於慶曆之時国家豈可坐而視之不加賑救乎況復城櫓須修河防應塞百役並興所費不貲當此之際朝廷上下安得不同心恊力痛加裁損以徇一方之急凡宣布恵澤則冝以在下為先撙節用度則冝以在上為始今欲裁損諸費不先於貴者近者則踈遠之人安肯甘心而無怨乎必若為臣有大動於天下雖錫之山川土田附庸何為不可若止因郊礼陪位而受數百万之賞臣切有所不安矣臣前所謂賞賜無節者此其一也雖臣下不辞猶應裁減況其自辞裁之何損乎儻若但務因循姑息度

日歛裁損乘輿供奉之物則曰減於制度太為削弱非所以華国歛裁損大臣無功之賞則曰所減無多厭損大躰非所以養賢歛裁損群下溽冗之費則曰人情不悦恐致生事非所以安衆如此則是国用永無可省之日下民永無蘇息之期必致於涸竭窮極然後止也且君子之所尚者義也小人之所徇者利也爲国者當以義褒君子以利悦小人今大臣以災害之故辞賜賚以佐百姓之急義之可褒者也陛下從而聽之乃所以爲厚非所以爲薄也雖然兩府銀絹止於二万疋兩未足救今日之災又国家舊制每遇郊禋大賚四海下逮行伍無不霑洽不可於公卿大夫全無賜予臣愚以爲文臣自夫兩省以上武臣

及宗室自正任刺史以上內臣自押班以上將來大
禮畢所賜並宜減半候它年豐稔自依舊例其文
武朝臣以下一切更不支以為酌中臣亦知此物未
能富國誠與國家內外漸思減省浮費自今日為
始耳臣[illegible]讚識頗膚淺所言[illegible]前之實狀非奇
偉之高論也伏望陛下面賜裁察若蒙采可乞斷
自聖衷以為定制[illegible]以勸天下幸甚取進止

乞罷[illegible]上皇帝第八

臣先任[illegible]學西京[illegible]於今年二月任滿臣
以歎[illegible]心[illegible]所[illegible]
陳乞於西京[illegible]國子[illegible]一任未
奉朝旨[illegible]於今月七日忽奉[illegible]皇帝奄棄天

下呂言嘉濯絕無他自亂伏念日皇先帝踐祚以來
過蒙[illegible]將亡倫黃首[illegible]稽古繼亂惡言主嘗承之
俾佐[illegible]已之知非才一不敢尋召力辭一言之一顧就冗
散亦荷[illegible]容曲從所欲養以俟係不責職業優遊自
便十有五年此百書成而進擢優褒加厚賓皆踰列
比聖恩汪洋天隆此身天足無論奏者之初即欲號
哭奔走經詣京師伏望梓宮屏号子之誠方分之一
又念司故事如昭厚二陵未嘗有以已奔喪之例加
以前已乞留臺國子監未幸進上彷徨疑慮不敢輒
行今竊聞觀文殿學士孫固資政殿學士韓維已至
闕下臣方自咎責不敢寧居已於今月十七日起離
西京欲乞亦赴闕廷隨百官班入臨目於前路聽候

指揮

謝御前劄子 催赴闕

臣准入内内侍省遞到太皇太后御前劄子一道令臣早至闕廷者臣怛懼懍以命敢冒從誅譴由荷開納仍叨獎飾非以臣羸老抱病適形矜恤懍命微何皆報謝臣專使陳州遠接兵士到即起發赴闕次臣無任瞻天望聖激切屏營之至

增廣司馬温公全集卷八十七

劄子

辭樞密使第一劄子

臣准閤門告報已降下樞密副使續准句當御藥院陳承禮傳宣令臣即令受誥者臣賦分樸愚不通時務近日以来加以衰疾尚居舊職猶恐曠敗况乃拔擢待之不次切惟宥密之地日侍訏謨内訓六師外撫四海用人當否繫國安危豈臣無似所能堪稱伏望聖慈更擇賢材俾居其任聽臣且守舊職

第二劄子

臣准句當御藥院黎永德奉宣聖旨令臣即今入見者臣屢違言詔當伏重誅但以聞命捬分已熟自幼及長頗讀經史捨此之外一無所長當世之務懵不通曉常宜置之閑官僅脫曠敗尚以屬文不工剸劇非長翰林審官每欲辭免况於樞府要地任重責大

一日失職則死及之臣雖至愚粗知自愛陳力就列古人所體是以寧冒違詔之罪不敢當竊位之譏伏望聖慈察其誠款决非虛飾特賜寢罷新命止守舊職天地更生之恵下臣莫大之幸也取進止

第三劄子

臣前來已兩曾辭免樞密副使未奉俞旨切慮區區之誠未能上達須至詳悉復有奏陳臣聞人之材性各有能不能人主量材然後授官審能然後授事是以官不曠而事無敗也臣幸生承平之時家世爲儒臣自髫齔至于弱冠杜門讀書不交人事任官以來多在京師少歷外任故於錢穀刑獄繁劇之務皆不能爲況於軍旅固所不習獨於解經述史又以愚直

補過拾遺不避怨怒則庶幾萬一或有可取是以每於拜官之際辭所不能而不辭其所能嚮者除開封府推官以繁劇曾辭後除修起居注知制誥翰林學士以文采不工曾辭除龍圖閣直學士以久在諫職無效曾辭再除翰林學士兼侍讀學士以言事未了曾辭除史館修撰以方修資治通鑑恐朝廷修國史難以兩處供職曾辭自餘除國子監直講館閣校勘史館檢討集賢校理直秘閣起居舍人同知諫院天章閣待制兼侍讀知諫院權御史中丞此皆朝廷清要之職除書始下臣即時受命未嘗輒辭所以然者自度駑鈍可以策厲不至曠敗故也天下之人見臣屢辭恩命或以爲不慕榮貴或以爲飾詐邀名是皆

不知臣也臣自幼習賦詩論策應舉就試每三年一
次投狀乞磨勘豈不慕榮貴者耶臣若陰有營求陽
爲辭避乃謂之飾詐邀名陛下察臣何嘗如此豈飾
詐邀名者耶臣之愚正欲辭不能而已今二府之
任自非天下英傑之士不可輕處豈臣愚淺下材所
能堪稱或遇國家大事參陪末議有毫釐之差使陛
下有旰食之憂以累知人之哲臣雖伏質横分不足
塞責加之素有目疾不能遠視近日以來頗多健忘
居常職猶懼廢闕況以衰病當兹重任是用披肝瀝
膽昧冒上陳違犯詔旨至于再三觸法抵罪不自知
覺伏望聖慈特賜矜察依臣前奏追還新命俾守舊
職不勝憂懼懇切之誠臨紙叩頭俯伏俟命取進止

第四劄子

臣准句當御藥院陳承禮傳宣令臣即令入見者臣仰煩聖恩重沓如此雖頑如木石亦當遷變然臣固守愚忠不移者誠以荷盛恩者必有以醻報居重位者不可以无功臣自惟立朝材器短淺一無所用獨有補過拾遺可裨万一今爲天下患者唯有制置三司條例司及諸路提舉句當常平廣惠倉使者若陛下朝發一詔罷之則夕無事矣故臣不量力勢輕重上陳黷陛下以臣言爲是乞早賜施行或以爲非則臣乃愚狂之人於今英俊滿朝而擢用愚狂之人使汙宥密之地豈不爲聖政之累也伏望聖慈追還樞密副使恩命令臣且供舊職取進止

第五劄子

臣准句當御藥院李舜舉傳宣令臣即今赴閤門授告勑者陛下聖恩無窮愚臣辭避不已盡下之德愈盛慢上之罪愈深憂惶失圖無地自處臣切惟陛下今兹不次用臣必以識慮為小有可采臣亦以受陛下非常之知不可以全無報効是以乞罷制置三司條例司及諸路提舉句當常平廣惠倉使者若陛下果能行此勝於用臣為兩府臣若得此言果行勝於兩府之位儻或所言皆無可采臣獨何顔敢當任重伏望聖慈矜察更不復遣使臣宣召追樞密副使恩命庶使賤臣差獲自安取進止

貼黄

李舜舉傳聖旨諭臣以樞密院本兵之地各有職不當更以它事爲辭臣今若以授樞密副使敕告即誠如聖旨不敢更言職外之事今未蒙恩命猶是侍從之臣於朝廷闕失所不可言者所以區區貪進小忠庶幾少裨聖政之万一況所言二事並是去年已曾上言以其無效所以不敢當今日新恩非爲侵官乞聖明裁察兼臣右膝下見患一瘡有妨拜起入見未得伏望聖慈更不差使臣宣召臣只候膝瘡稍愈自乞入見面奏懇誠

辭樞密副使第六劄子 尋得旨聽許

臣伏准句當御藥院劉有方傳宣撫問臣取幾日入見令早入者聖恩深厚不忘微賤存恤勤至臣螻蟻

之命無足報塞惶恐無措伏念臣即今臁瘡雖稍減尚未全愈有妨拜起未知可以入見之日不獨如此兼為臣近曾上疏言乞罷三司制置條例司及追還諸路常平廣惠倉使者未聞朝廷以賜采録但聞條例司愈用事催散青苗錢愈急中外人情愈惶惶不安臣當此際獨以何心敢當高位故寧被嚴譴不敢輒出臣聞古之大事謀及卿士謀及庶人參酌下情與衆同欲是以事無不當令無不行未嘗有四海之内卿士大夫農工商賈異口同辭咸以為非獨信二三人之偏見而能成功致治者也伏望陛下出臣近所上疏宣示中外臣庶使共決是非若臣言果是乞早賜施行若臣言果非乞更不差使臣宣召早收還

樞密副使勑告治臣妄言及違慢之罪明正刑書庶使是非不致混殽微臣進見有地不爲天下之所稱怪取進止

再乞西京留臺

臣先於元豐　年九月二十六日受勑提舉西京嵩山崇福宫候滿三十个月不候替人發來赴闕至今月此任當滿伏念臣性雖至愚粗嘗從學平生所守不敢忘信雖遇布衣未嘗妄説朝廷豈敢欺罔臣今年六十有七耳目手足雖未全衰數年以来昏忘特甚舉措云爲動多差繆使之臨繁處劇實無所堪非敢愛身必恐敗事但臣前後提舉崇福宫已經四任坐享俸禄全無所益今復有求匈寧有愧心竊見西

京留司御史臺及國子監比有宮觀粗有職業伏望
聖慈俯加矜察特於上件兩處差遣內除授一任庶
使竊祿庇身以養殘年則陛下愛物曲盡終始之賜
微臣陳力兩遂公私之便

辭門下侍郎

臣准閤門告報已降告命除臣守門下侍郎者臣先
於熙寧三年蒙先帝除臣樞密副使臣以才力短拙
固辭得免自是至今十有六年臣齒髮愈耗忽被恩
詔力少任重非所克堪豈敢愛身實恐累國伏望聖
慈特寢新命聽臣赴陳州本任所有告身臣不敢祗受

辭門下侍郎第二劄子是日中使梁惟簡傳手詔云賜卿手詔深躰予懷更不多勉君年悳未高吾當同處万務所賴方

正之士贊佐邦国想宜知悉再宣
諭前日所奏乞引對上殿詣赴任
其日已降旨揮除卿門下侍郎切
要與卿商量軍国政事早來所奏
備悉卿意再降詔開言路
慾卿供職施行遂止不辭

伏蒙聖恩差御藥吳靖方宣召臣令受新除門下侍郎告身者聖恩重復惶愧愈深臣性質愚魯學術淺短以素仗忠信竊慕公直偶為時俗被以虛名誤蒙累朝甄獎承乏侍臣熙寧初王安石說導先帝置三司條例司始議新法臣以為財聚則民散下怨則上危力曾開陳稱其不可言語拙訥不能感寤尋蒙聖恩除樞密副使臣貪愛富貴無異於人顧以君無虛授臣無虛受先帝用臣必以為有益国家苟言無足采臣何敢叨居其位是以累上章奏終不拜既而請

棣外郡又乞散官兩任留臺四任崇福臣區區之志惟望先帝察其何故辭貴就賤一賜召對訪以新法於民間果為利害臣得輸肝瀝膽極竭以聞退就鼎鑊死且不朽飲食寤寐一一忘此志幽明難欺天實知之不啚先帝奄弃天下臣隕心泣血謂積年所懷生死莫伸及來奔國恤伏蒙太皇太后特降中使宣諭令無惜奏章臣不意愚誠復有所慮發千載一遇不勝踴躍遂首以開言路為請又具它新法之不便者略舉數條今某恩差知陳州又詔令過闕入覲到城之日蒙並中使以開言路詔書示臣芻蕘之言遽荷采納且喜且懼無地自容然詳讀詔書中間六事有所未安似名為求諫其實拒諫恐士民見者未達聖

意莫敢進言方汝上殿論列不意忽蒙恩命俾貳左省臣以昔年不敢祗受及以言跡不論新法為害皆當今切務欲於今早入一劄子辭免恩命并所准備上殿劄子二道同於通進司投下未審聖意以臣前後所言畢為如何若稍有可采乞特出神斷力賜施行則臣可以策勵疲駑少佐万一若皆無可采則是臣狂愚無識不知為政豈可以汚高位尸重任使朝廷獲曠官之譏微臣受竊位之責它日有誤國事罪不容誅伏望聖慈特寢新命使得自安其分

增廣司馬温公全集卷八十八

書

上王安石書

第一書

二月二十七日具位司馬光皇恐再拜介甫叅政諫議閤下光居常無事不敢涉兩府之門以是久不得通名於將命者春暖伏惟機政餘裕台候万福

孔子曰益者三友損者三友光不材不足以辱介甫爲友然自接侍以來十有餘年屢嘗同僚亦不可謂之無一日之雅也雖愧多聞至於直諒不敢不勉若乃便辟善柔便佞則固不敢爲也孔子曰君子和而不

同小人同而不和君子之道出處語默安可同也然
其志則皆欲立身行道輔世養民此其所以和也嚮
者與介甫議論朝廷事數相違未知察不察然於光
嚮慕之心未始變移也竊見介甫獨負天下大名三十
餘年才高而學富難進而易退遠近之士識與不識咸
謂介甫不起則已起則太平可立致生民咸被其澤
矣天子用此起介甫於不可起之中引參大政豈非
欲望衆人之所望於介甫耶今介甫從政始期年而
士大夫在朝廷及四方來者莫不非議介甫如出一
口下至閭閻細民小吏走卒亦竊怨嘆人人歸咎
於介甫不知介甫亦嘗聞其言而知其故乎光竊意
門下之士方且譽盛德而贊功業未始有一人敢以

比聞達於左右者非門下之士則皆曰彼方得君而專政無爲觸之以取禍不若坐而待之不過二三年彼將自敗若是者不惟不忠於介甫亦不忠於朝廷若介甫果信此志推而行之及二三年則朝廷之患已深矣安可救乎如某則不然忝備交遊之末不敢苟避譴怒不爲介甫一一陳之今天下之人惡介甫之甚者其詆毀無所不至某獨知其不然介甫固大賢其失在於用心太過自信太厚而已何以言之自古聖賢所以治國者不過使百官各稱其職委任而責成功也其所以養民者不過輕租稅薄賦斂已逋責也介甫以爲此皆腐儒之常談不足爲思得古人所未嘗爲者而爲之於是財利不以委三司而自領之

更立制置三司條例司纂文章之士及曉財利之人使之講利孔子曰君子喻於義小人喻於利樊遲請學稼孔子猶鄙之以為不知禮義信況講商賈之末利乎使彼誠君子耶則固不能言利誠小人耶則惟民是虐以歛上之欲又可從乎是知條例一司已不當置而置之又於其中不次用人往往暴得美官於是言利之人皆攘臂圜視衒鬻爭進各鬬智巧以變更祖宗舊法大抵所利不能補其所傷所得不能償其所亡徒欲別出新意以自為功名耳此其為害已甚矣又置提舉管句常平廣惠倉使者四十餘人使行新法於四方先散青苗錢次欲使比戶出助役錢次又欲搜求農田水利而行之所遣者雖皆選擇

寺俊然其中亦有輕俳狂躁之人陵轢州縣擾撓百姓者於是士大夫不服農商喪業故謗議沸騰怨嗟盈路迹其本原咸以此也書曰民不靜亦惟在王宮邦君室伊尹爲阿衡有一夫不獲其所若己推而內之溝中孔子曰君子求諸己小人求諸人介甫亦當自思所以致其此者不可專罪天下之人也夫侵官亂政也介甫更以爲治術而先施之貸息錢鄙事也介甫更以爲王政而力行之繇役自古皆從民出介甫更歛民錢雇市傭而使之此三者常人皆知其不可而介甫獨以爲可非介甫之智不及常人也直欲求非常之功而忽常人之所知矣夫皇極之道施之於天地人皆不可須臾離故孔子曰道之不明也哉

知之矣智者過之愚者不及也道之不行也我知之矣賢者過之不肖者不及也介甫之智與賢皆過人及其失也乃與不及之患均矣此其所謂用心太過者也自古人臣之聖者無過周公與孔子周公孔子亦未嘗無過未嘗無師介甫雖大賢於周公孔子則有間矣今乃自以爲我之所見天下莫能及之人之議論與我合則善之與我不合則惡之如此方正之士何由進諂諛之士何由遠方正日疏諂諛日親而望萬事之得其宜令名之施四遠難矣夫從諫納善不獨爲人君之美也於人臣亦然昔鄭人遊于鄉校以議執政之善否或謂子產毁鄉校子產曰其所善者吾則行之其所惡者吾則改之是吾師也若之何毁

之蘧子馮爲楚令尹有寵於蘧子者八人皆無祿而多馬申叔豫以子南觀起之事警之蘧子懼辭八人者而後王安之趙簡子有臣曰周舍好直諫日有記月有成歲有效周舍死簡子臨朝而嘆曰千羊之皮不如一狐之腋今諸大夫朝徒聞唯唯不聞周舍之鄂鄂吾是以憂也子路人告之以過則喜鄭文侯相漢有書過之史諸葛孔明相蜀發教與群下曰違復而得中猶弃弊蹻而獲珠玉然人心苦不能盡惟董幼宰叅書七年事有不至至于十反孔明嘗自校簿書主簿楊顒諫曰爲治有體上下不可相侵請爲明公以作家譬之今有人使奴執耕稼婢典炊爨雞主司晨犬主吠盗私業無曠所求皆足忽一旦盡欲以

身親其役不復付任形疲神困終無一成豈其智之不如奴婢鷄狗哉失爲家主之法也孔明謝之及顒卒孔明垂泣三日呂定公有親近曰徐原有才智定公薦拔至侍御史原性忠壯好直言定公時有得失原輒諫爭又公論之人或以告定公公歎曰是我所以貴德淵者也及原卒定公哭之盡哀曰德淵呂岱之益友今不幸岱復於何聞過哉此數君子者所以能功成名立皆由樂聞直諫不諱過失故也若其餘驕亢自用不受忠諫而亡者不可勝數介甫多識前世之載不俟光言而知之矣孔子稱有一言可以終身行之者其恕乎詩云執柯伐柯其則不遠言以其所願乎上交乎下以其所願乎下事乎上不遠求

也介甫素剛直每議事於人主前如與朋友爭辯於私室一不少降辭氣視斧鉞鼎鑊如無也及賓客僚屬謁見論爭則唯希意迎合曲從如流者親而禮之或所見小異微言新令之不便者介甫輒艴然加怒或詬罵以辱之或言於上而逐之一不待其辭之畢也明主寬容如此而介甫拒諫乃爾無乃不足於恕乎昔王子雍方於事上而好下佞己介甫不幸亦近是乎此光所謂自信太厚者也光昔從介甫遊介甫於諸書無不觀而特好孟子與老子之言今得君得位而行其道是宜先其所先[illegible]不美也孟子曰仁義而已矣何必曰利又曰為民父母使民盻盻然將終歲勤動不得以養其[illegible]

也今介甫為政首建制置條例司大講財利之事又[illegible]
而益之又命薛向行均輸法於江淮欲盡奪商賈之
利又分遣使者散青苗錢於天下而收其息使人人
愁痛父子不相見兄弟妻子離散此豈孟子之志乎
老子曰天下神器不可為也為者敗之執者失之又
曰我無為而民自化我好靜而民自正我無事而民
自富我無欲而民自樸又曰治大國若烹小鮮今介
甫為政盡變更祖宗舊法先者後之上者下之右者
左之成者毀之棄者取之矻矻焉窮日力繼之以夜
而不得息使上自朝廷下及田野內起京師外周四
海士吏兵農工商僧道無一人得襲故而守常者紛
紛擾擾莫安其居此豈老氏之志乎何介甫總角讀

書白頭秉政乃盡弃其所學而從今世淺夫之謀乎古者國有大事謀及卿士謀及庶人成王戒君陳曰有廢有興出入自尔師虞庶言同則繹詩云先民有言詢于蒭蕘孔子曰上酌民言則下天上施上不酌民言則下不天上施自古立功立事未有專欲違衆而能有濟也使詩書孔子之言皆不可信則已猶若可信也則豈得盡弃而不顧哉今介甫獨信數人之言而弃先聖之道違天下之心將以致治不爲難哉近者藩鎮大臣有言散青苗錢不便者天子出其議以示執政而介甫遽悻悻然不樂引疾卧家某被旨爲批荅見士民方不安如此而介甫乃欲辭位而去殆非明主所以拔擢委任之意故直叙其事以大

議者介甫意欲介甫早出視事更新令之不便於民
者以福天下其辭雖樸拙然無一字不得其實者竊
聞介甫不相識察頗督過之上書自辨至使天子自為
手詔以遜謝又使吕學士再三諭意然後乃出視事
出視事誠是也然當速改前令之非者以慰安士民
報天子之盛德今則不然更加忿怒行之愈急李正
言言青苗錢不便詰責使之分析吕司封傳語祥符
知縣未散青苗錢劾奏乞行取勘觀介甫之意必
欲力戰天下之人與之一決勝負不復顧義理之是
非生民之憂樂國家之安危其竊以居高位者不可
以無功受大恩者不可以不報故輒申明去歲之論
進當今之急務乞罷制置三司條例司及追還諸路

提舉常平廣惠倉使者主上以介甫為心未肯俯徇
某竊念主上親重介甫中外群臣無能及者動靜取
舍唯介甫之為信介甫曰可罷則天下之人咸被其
澤曰不可罷則天下之人咸被其害方今生民之憂
樂国家之安危惟係介甫之一言介甫何忍必遂己
意而不恤乎夫人誰無過君子之過如日月之食焉
過也人皆見之更也人皆仰之何損於明介甫誠能
進一言於主上請罷條例司追還常平使者則国家
太平之業皆復其舊而介甫改過從善之美愈光大
於前日矣於介甫何所虧喪而固守不移哉某所言
正逆介甫之意明知其不合也然某與介甫趣嚮雖
殊大歸則同介甫方欲得位以行其道澤天下之民

某方欲辭位以行其志救天下之民此所謂和而不
同者也故敢一陳其志以自達於介甫以終益友之
義其舍之取之[illegible]介甫可[illegible]罪[illegible]護介甫得
書儻未賜棄絕不[illegible]與忠信之士[illegible]肯爲一二不可以示
諂諛之人諛之人諂必一不肯以其言爲然一也諂諛之人欲依
附介甫因緣改法以爲進身之資一旦罷局譬如魚
之失水此所以挽引介甫使不得由直道而行者也
介甫柰何徇此曹之所欲而不顧国家之大計哉孔
子曰巧言令色鮮矣仁彼忠信之士於介甫當路之
時或齟齬可憎及失勢之後必徐得其力諂諛之士
於介甫當路之時誠有順適之快一旦失勢必有賣
介甫以自售矣介甫將何擇焉国武子好盡言以招

人之過卒不得其死某常自病似之而不能改也雖然施於善人亦何憂之有用是故敢妄發而不疑也屬以辭避恩命未得請且病膝瘡不可出不獲親侍言於左右而布陳以書悚懼尤深介甫其受而聽之與罪而絕之或詬罵而辱之與言於上而逐之無不可者某俟命而已不宣某惶恐再拜

第二書

某惶恐再拜某以荷眷之久誠不忍視天下之議論恟恟是以輒敢獻盡言於左右意謂縱未棄絕其取詬辱必矣不謂介甫乃更賜之誨筆存慰溫厚雖未肯信用其言亦不廢而絕之足見君子寬大之德過人遠甚也某雖未達曉孟子至於義利之說殊為明

白介甫或□□解□恐以用心太過也使□作法於
涼其弊猶貪作法於貪弊將若之何今四方豐稔縣官
復散□無□一二□□□一□□相自□弟妻子離散之事
某所言者□□□數年之後常平舊倉既壞內藏庫又空
百姓家□□於常賦之外更增息錢役錢又言利者見
前人以聚斂得好官後來者必競生新意以浚民之
膏澤日甚一日民產既竭小值水旱則某所言者介
甫且親見之矣其不為過論也當是之時願無罪某
而已感發而言重有喋喋負罪益深不宜某惶恐再拜

第三書 同日

某惶恐再拜重辱示諭益知不見弃外收而教之不
勝感悚感悚感悚夫議法度以授有司此誠執政事也然

當舉其大而略其細存其善而革其弊不當無小無
大盡變舊法以為新奇也且人存則政舉介甫誠能
擇良有司而任之弊法自去苟非其人雖日授
以善法終無益也介甫所謂先王之政者豈非泉府
賒貸之事乎竊觀其意似與今日青苗錢之意異
也且先王之善政多矣顧以此獨爲先務乎今之散
青苗錢者無問民之貧富願與不願強抑與之歲收
其什四之息謂之不征利光不信也至於闢邪說難
任人果能如此是則國家生民之福也但恐介甫之
座日相與變法而講利者邪說壬人不為少矣彼頌
德贊功希意迎合者皆是也介甫偶未之察耳盤庚
曰今我民用蕩析離居曰予豈汝威用奉畜汝眾

又曰無或敢伏小人之攸箴又曰非廢厥謀弔由靈蓋盤庚遇水災而遷都臣民有從者有違者盤庚不忍脅以威刑故勤勞曉解其卒也皆化而從之非謂盡棄天下人之言而獨行己志也光豈勸介甫以不恤國事而同俗自媚哉蓋謂天下異同之論議亦當少垂意采察而已幸恕其狂愚不宜某惶恐再拜

增廣司馬溫公全集卷八十九

書

與范景仁書

景仁復書

與范景仁書

月日司馬光頓首再拜獻書景仁足下詩云先民有言詢于芻蕘言人君不以鄙賤廢善言也又云心乎愛矣遐不謂矣言人臣不以疏遠忘忠愛也又云彼姝者子何以予之言賢者樂告人以善道也又云何以恤我我其收之言賢者得其言信之無不受也光竊何人之言以為只景仁以賢為人之一方側身求

諫而暴仁以□言為君者又可默默而已乎光聞古
者士傳言諫蓋以上藝不能自達於君故因賢士大
夫以傳之也□者曰知賤且愚□以宗廟社稷深
遠之計冒聞□徒知位卑而言高智小而謀大觸
罪皆死然死者人之所不能免也□忠於國家而死
死之榮也是以剖肝瀝膽手書緘封而進之庶幾得
達法座之前明主或加采聽可以昭宣聖意建万世不拔
之丕基則光退就鼎鑊亦蒙黼黻亦光之本心也無
何自夏及秋專奏書三上皆杳然若投沙礫於滄海之
中杳然莫知其所之者夫以即日明主求諫之切詔
書懇惻然頒於天下而光所言又非瑣瑣不急之務若
幸而得關聖聽則光所言是耶當采而行之非耶當

明治其罪豈有直加弃置曾不詰何必所言涉千里之遠歷九閽之深或有不或遺而不得上通也古之人有奏疏而焚其草者蓋盛二之泄行不可掠君之美以爲己功也若奏而、遍又求其揚榮則與不言何異哉光是用中夜起坐彷徨不寐輸思當今諫争之臣忠於國家敢言大事而又閒識知光素心者惟景仁而已光之言不用景仁則何適向誰望哉且景仁爲天子耳目之臣得光之言論傳於明主天下固莫得而窺也光是以輒取三奏草獻於左右伏冀景仁察其所陳果能中於義理合於當今之務則頗於進見之際爲明主開陳兹事之本末所當汲汲留意不當因循閒忽以忘祖宗光美之業及乞取光所上三奏略賜省覽知其可取可捨可即裁定其一而明賜之無使孤遠之臣徒懷憤嘿而無所告語也昔樊噲諫漢高祖留止秦宮奉春君請徙都長安始皆未聽得留侯言即日從之盖人主素所信重入其言易故也今某官於千里之外為邊州下吏景仁朝夕出入紫闥登降丹陛天下之責治乱安危者不在於某皆在景仁某雖言之終不能有益於國家止於是而已矣若夫懇惻復熟以感悟明主成聖世無疆之休則在景仁留意而已如此實天下之幸非獨某之幸也不宣

與景仁論樂書二

九月二十一日某再拜白景仁足下蒙示房生尺法云生嘗得古本漢書云度起於黃鍾之長以子穀秬

黍中者一黍之起積一千二百黍之廣度之九十分
黃鍾之長一爲一分今文誤脫之起積一千二百黍
八字故自前世以來累黍爲尺縱置之則太長橫置
之則太短今新尺橫置之不能容一千二百黍則大
其空徑四釐六毫是以樂聲太高又嘗得開元中笛
及方響合於太常樂下五律教坊樂下三律皆由儒者
誤以一黍爲一分其法非是不若以一千二百黍實
管中隨其短長斷之以爲黃鍾九寸之管九十分其
長一爲一分取三分以度空徑數合則律正矣景仁
比來盛稱此論以爲古儒用意皆不能到可以正千
古之謬袪一世之惑光竊思之有所未諭者凡數條
敢書布陳幸景仁教之景仁曰考生家有漢書異於

今本光按累黍求尺其來久矣生所得書不知傳於何世而相積謬由古至今更七儒甚衆曾不寤也又其書既云積一千二百黍之廣何必更云一黍之起此四字者將安施設劉子駿班孟堅之書不宜如此冗長也且生欲以黍實中方求其長何得謂之積一千二百黍之廣孔子稱必也正名乎必若所云則爲新尺一丈二尺得無求合其術而更奐乎景仁曰度量權衡皆生於律者也今先累黍爲尺而後制律返生於度與黍無乃非古人之意乎光謂不然夫所謂律者果何如哉嚮使古之律存則吹其聲而知聲度其長而知度審其容而知量校其輕重而知權衡今古律已亡矣非黍無以見度非度無以見律律不

生於度與黍將何從生耶夫度量衡所以佐律而存
法也古人所為制四器者以相參校以為三者雖亡
苟其一存則三者從可推也又謂後世器或壞亡故
載之於書形之於物夫黍者自然之物有常不變者
也故於此寫法焉今以為皆亡不取於黍將安取之
凡物之度其長短則謂之度量其多少則謂之量稱
其輕重則謂之權衡然量有虛實衡有低昂皆易差
而難精故之不若以度求律之為審也景仁今欲先
取容一龠者為黃鍾之律是則律生於量也量與度
皆非律也捨彼用此將何擇焉景仁曰古律法空徑
三分圍九分今新律空徑三分四釐六毫此四釐六
毫者何從出耶光謂不然夫徑三分圍九分者數家

言其大要耳若以密率言之徑七分者圍二十有二分也古之爲數者患其空積微之大傎則上下輩之所爲三分者舉成數而言耳四釐六毫不及半分故弃之也又律管至小二黍粒體圓其中豈無負戴庛空之處而必欲責其纖忽不差邪景仁曰生以一千二百黍積實於管中黍爲九寸取其三分以爲空徑此自然之符也光按量法方尺之量所受一斛此用累黍之法校之則合矣若從生言度法變矣而量法自如則一斛之米豈能滿方尺之量乎景仁曰量權衡皆以千二百黍爲法何得度法獨用一黍光按黃鍾所生凡有五法一曰備數二曰和聲三曰審度四曰嘉量五曰權衡量與衡据其容與其重非千二百

黍不可至於度法止於一黍爲分無用其餘若數與聲則無所事黍矣安在其必以一千二百爲之定率也景仁曰生云今樂太高太常鎛鍾適當古之仲呂不知生所謂仲呂者果后夔之仲呂耶開元之仲呂邪若開元之仲呂則安知今之太高非昔之太下耶笛[illegible]方響[illegible]之[illegible][illegible]工所爲豈能盡得律呂之正乃欲取以爲[illegible][illegible]定雅樂不亦難乎此皆光之所大惑也君子之論[illegible]固無我惟是之從景仁苟有以解之使瑩然明白[illegible]敢不斂衽服義豈欲徒爲此詼諧也不宣光[illegible][illegible]白

[illegible][illegible]書

九月二十二[illegible][illegible]再拜復書君實足下昨日辱書以

爲鎮不當爲議者是房庶尺律法始得書懼然而懼
曰鎮達當公之議而下與四士合有不適中宜獲矣
於朋友也既讀書乃釋然而喜曰得君實之書然後
安知庶之法是而鎮之議爲不謬庶之法與鎮之議
於今之所用與不用未可知也然得附君實之書傳
於後世從後世之人質之故終之以言也已質之疑
凡三二□目以十數安敢一一不盡言解之君實曰漢書
傳於世久矣而六僞其一二庶之家又得善本而有之
是必謬爲脫文以求於無也是六一不然鎮豈可欺哉
亦以義理而求之也春秋夏五之闕文禮記玉藻之
脫簡後人豈知其闕文與脫簡哉亦以義理而知之
也猶鎮之知庶也豈可遽謂其欺而置其義理哉又

云一黍之起於劉子駿班孟堅之書為尺長者夫古
書有律度[illegible]其幾何未知其徃幾何而知其容
受幾何[illegible]以[illegible]一百黍皆其間哉宜却一黍積
而至一千二百[illegible]曰一黍之起積一千二百
黍之[illegible]百一[illegible]為尺長乎若如
君[illegible]之[illegible]言太[illegible]起黄鍾之長
而[illegible]之云世[illegible]起[illegible]驗之三[illegible]不[illegible]為尺
長[illegible]而[illegible]一二二百黍之廣[illegible]為新
尺一[illegible]君[illegible]以積[illegible]之[illegible]廣為一
黍之[illegible]廣[illegible]音[illegible]所容
之[illegible]云乃[illegible]又云
孔子[illegible]以[illegible]之父

子吾言之者分豈[illegible]與讓謂不入云古人制律與
尺量權衡四器者以相參考以為三者苟亡二得立一
存則三者從何推之者也又云黍者自然之物有
常而不變者亦是也古人之論必立其意必當如是
然而以律生尺古人之意以黍之於後世可以為
尺豈不知黍之於他世不可為律而設於其法為相
參乎吾安得實之說則是古以知一而不知二也知
彼而不知此也又云徑三分圍九分者數家之大要
不及半分則棄之也皆今三分四釐六毫其圍十分
三釐八毫豈得謂不及半分而棄之哉漢書曰律容
一龠得八十一寸謂以九分之圍乘九寸之長九九
而八十一也今圍分之法既差則新尺與量未必是

也如欲知庶之量與尺合姑試驗之乃可又六權衡與量擇其容與其重必千二百黍而後可至於尺法止於一黍之分無用其餘若以生於一千二百是生於量也且夫黍之施於權衡則由黃鍾之重施於量則由黃鍾之龠施於尺則由黃鍾之長其實皆一千二百黍也此皆漢書文也豈得謂一黍而爲尺邪豈得謂尺生於量邪又云度言之常樂太高黃鍾適當古之仲呂不知仲呂者果古夔之仲呂邪開元之仲呂邪若開元之仲呂則安知今之大高非昔之太下者邪正以人不知爾者之論說無證據又云方響與笛里巷之樂賤工所爲不能盡得律呂之正者是徒知古今樂器之久爲累而不知其書與聲之同過亦

無復議也就使得其柔用廢之法制為律呂無忽微之差乃黄帝之律呂也豈直后夔開元之去乎書曰律和聲乃舜之時使夔典樂猶用律而后能和聲今律有四故兼六家之學以為準然而欲以求樂之和以副朝廷制作之意其可衡乎其可得乎太史公曰不附青雲之士則不能成名君實欲成其名而知所附矣雖其是而附之則可其不是而附之安可哉諺曰抱橋柱而浴者必不溺君實之議無乃為浴者類乎君實見咨不敢一不為此諓諓也不宜鎮再拜

增廣司馬温公全集卷九十

樂書

再與景仁論樂書　景仁再答書

又與景仁書　景仁又答

再與景仁書

九月二十三日光再拜景仁足下前日妄爲書以干聽聞意欲就大君子決所疑也退而懼乃房生老儒遠來相存亦可謂仁矣方欲究其名而我難間不得無非於景仁乎節又自解曰景仁惟義所從非人之私也我又何望非得所示書然後釋然而不惑乎而猶我教也幸甚幸甚然昔猶有未盡者而且以瀆煩抗

之出所以循古法得殺數宮聲律一名也景仁曰我違群公之議乃下與匠工合寫違矣於朋友此何言也光雖不肖豈負叛景仁徇追己同以取容哉顧所論何如耳蓋論苟是歟雖禍賤當從而違之論苟非也雖萬金之君若我不受也光以爲從貴人也論雖是當非之此寒士也論議非當是之亦非中正之道光所以爲也景仁曰宋氏之說以尺生律漢書豈不當先言求是黃鍾之長而後論用黍之法是大不然光非謂以古以來律必生於度也特以近世古律不存故返從度法度求之耳安得不謂之度生於黃鍾之長耶景仁曰安知今之太高非昔之太下是不知聲者之論是則然矣然能知聲之正者果誰耶又曰徒知

今古樂器之名為異而不知其律與聲之同夫古今樂器與聲之同光亦知之所不知者今樂之太簇或應古樂之大呂今樂之大呂或應古樂之黃鍾則非光所及知也豈徒光耳自非古之神瞽世莫適知之景仁曰就使得真黍用度之法制為律呂無忽微之差乃黃帝之仲呂也夫真黍或可得而律呂不難制若欲求無忽微之差則難矣乃慮以房生之智為與黃帝同亦少褒矣景仁謂光欲成其名而知所附若抱橋浴者光竊聞景仁論房生八則光不敢謂之然當是時豈前知諸公縱房生之議乎蓋景仁敢以此抑之使不敢語且苟欲立論求是者安避此議哉且此議而不為非正直也若乃尺法之可驗者與前書是論之

已詳惟景仁未賜熟察耳光復何言若終如是而不可變則願附景仁之言以達來世之君子而質是非焉古之朋友無不切磋琢磨以明其道景仁必不罪其不已從而往返不已也 不宣 光再拜

景仁再答書

九月二十四日鎮復書君實足下鎮豈不知君實者也知君實者知君實之為人也其從介其言辯其性介故惡不介之名其言辯故能窮物之義理故鎮以不介之事加君實以起君實之辯亟窮其律之義理因之以為戲也孔子曰前言戲之耳詩曰善戲謔兮不為虐兮君實何恤而憤憤不得飲默哉來書其百七十有八言而二百五十言及尺律就二百五十七言

去前書重複者其言無幾矣君實之辯義理於此止
乎將亦有隱而未發者何其釋不介之事多而論尺
律之事少也君實以爲三者律起人後此以尺起
律鎮以爲古者以律起尺後亦以起天前書盡之矣
不復言也君實云今樂之大簇或應古樂之大呂今樂之大呂或
應古樂之黃鍾以爲是耶非耶不得而知也者豈直君實
哉古之神瞽亦不得知也豈直古之神瞽哉古之后
夔亦不得知也何者無律也古者以律而考聲也書
曰律和聲周禮曰執同律以聽軍聲是也前書盡之
矣不復言也君實言鎮云用度之法則黃帝之仲呂
以爲褒衰之智與黃帝伶者非也今農夫治田禾麻
菽麥黍稷聚稱以時而布之或耕之或耘之或先種

而後斂之或後種而先斂之有過之者曰此后稷之法也農夫之智果后稷乎老婢鑵不取火承以束緼傳以荇荊療治焉獸之肉炮之燔之烹之煮之有過之者曰此炎帝之法也老婢之智果炎帝乎醫者能知藥有陰陽配合子母兄弟根莖花葉金石骨肉有单行者有相須者有相使者有相畏者有相惡者有相反者有相制者又能知人之手足口耳眼鼻齒心腹腎腸受疾之處而療之過之者曰此神農之法也醫者果神農之智乎然則君實之非鎮亦未得也君實以為鎮不熟察君實之書尚有條目乎幸一一疏示不宣鎮　再拜

又與景仁書

其近於夢得處連得所賜兩書聞泛西湖浮淠水登香采樓望陘山起居甚適若慰勤想又蒙教以宜觀素問病源有療病道引之方且云鑄周鬴漢斛已成欲令光至潁昌就觀雖古之儒有聞善相告見善相示殆無以過此其喜且感何可勝言但以家兄約非久入洛須留此待之不可捨去故未敢輕諾徒增耿耿耳景仁所教誠善矣孔子曰盍各言爾志亦切不自揆輒敢以所聞養生及治樂之道薦於左右譬猶嘉穀既植必使傭役從而耘耨之大廈既構必使賤工從而雕斲之然後克成其鮮美也景仁可能不鄙而聽之乎嘗記昔者與景仁同在貢院充點檢官主文試進士民受天地之中以生論當是時場中執筆者且千人皆

以吾民之始生無不稟天地中和之氣也其文辭之美吾多矣以愚觀似皆未得劉康公之旨吾嘗竊私出意以論之因循汩沒卒不能就於今三十五年矣因景仁教以養生之道敢試言之康公之言曰民受天地之中以生所謂命也是以有動作禮義威儀之則以定命也能者養之以福不能者敗以取禍今成子惰弃其命矣蓋所謂生者乃生存之生非始生之生也夫中者天地之所以立也在易爲太極在書爲皇極在禮爲中庸其德大矣至矣無以尚矣上焉治天下下焉脩一身捨是莫知能矣就其小小者言之則養生亦其一也何以知之夫人之有疾也必自於過與不及而得之陰陽風雨晦明必有過者焉飢飽寒

燠勞逸喜怒必有偏者焉使二者各得其中則無疾矣陰陽風雨晦明天之所施也飢飽寒燠勞逸喜怒人之所爲也人之所爲苟不失其中則天之所施雖過亦弗能傷矣木朽而蝎處焉肉腐而蟲聚焉人之所爲不得其中然後病襲焉故曰養備而動時則天不能病也是以聖人制動作禮樂威儀之則可以教民不離於中不離於中所以定命也能者則養其中以享福不能者則敗其亡以取禍是皆在己非在他也詩云人而無禮胡不遄死記曰人有禮則生無禮則死人無禮則失中失中則弃命矣劉康公所以能知成肅公之死蓋用此道也彼素問病源之說雖佳恐遺汗支雖不若此道之爲明且約也昔者聖人造歌而

動不出於和欲心所欲不出於中施之於身則有餘
矣將以教天下垂後世則未能也是故調六律五聲
八音七均以形容其心制吉凶賓軍嘉禮以軌物其
德使當時及後世之人雖以四海之遠千載之久聽
其樂則洋洋乎其心和常若聖人之在上循其禮則
肅肅然常若聖人之在其旁是以士夫無故不撤琴
瑟朝夕出入起居未嘗不在禮樂之間以收其放心
檢其邪志此禮樂之所以為用也及周室既衰禮缺
樂弛典章亡逸疇人流散律度量衡不存乎世咸夏
韶濩不傳乎人重以暴秦焚滅六籍樂之要妙存乎
聲音其失之甚易求之甚難自漢以來諸儒取諸胷
臆以億度古法牽於文義拘於名數校竹管之短長

計黍粒之多寡競無形之域訟無證之廷迭相否臧
紛然無已雖使后夔復生不能决矣彼周龢出於考
工記非經見是非固未得而知如漢觧者劉歆為王
莽為之就使其器尚存亦不足法况景仁復欲其形
制恐徒役心費銅炭而已孔子曰禮云禮云玉帛云
乎哉樂云樂云鍾鼓云乎哉今先王之樂餘音遺文
既不可得而睹聞矣盍亦反其本乎樂記曰禮樂不
可斯須去身致樂以治心則易直子諒之心油然生
矣易直子諒之心生則樂樂則安安則久久則天天
則神天則不言而信神則不怒而威致樂以治心者
也致禮以治躬則莊謹莊謹則嚴威中心斯須不和
不樂而鄙詐之心入之矣外貌斯須不莊不謹而易

慢之心入之矣樂也者動於內者也禮也者動於外者也樂極和禮極順內和而外順則民瞻其顔色而弗與爭也望其容貌而民不生易慢焉此樂之本禮之原也夫樂之用不過於和禮之用不過於順二者非徒宜於治民乃兼所以養生也如光者雖知之常病未能行之今老矣猶庶幾強而學焉以養其餘生亦願景仁共勤此道捐其末求其本捨其流取其源致樂以和其內致禮以順其外內和則疾疢不生外順則災患不至疾疢不生則樂災患不至則安既樂且安志氣平泰精神清明暢乎四支浹乎百體如此則功何以不若伶倫師曠壽何以不若召康衛武醫經病源皆可焚周鬴漢斛皆可銷矣景仁以爲何如哉

抑禮樂乃天地之大倫自古之大賢君子尚不敢
輕議而其狂簡小子輒妄言及之是宜得誅絕之罪
於聖人賴景仁之知我猶鮑叔之知管仲也不以爲
僭不以爲狂庶幾有可采擇於其中焉不宣某再拜

景仁又答書

某啓辱書言考工記及劉歆所鑄斛并素問病源不
可不復窮竊謂舜巡四岳則同律度量衡孔子曰謹權
量四方之政行焉以是知聖人之於尺量權衡恃以
爲治者而尺量權衡必本於律律必有聲以考其和
此樂之所由作也周之鬴漢之斛其法具存魏晉以來
其尺至有十五種蓋用橫黍縱黍所爲而不合於律
也然卒不能作樂止用舊聲終唐之世無變改者至

周王朴始用魏晉所弃之法遂以仲吕爲黄鍾　太
祖皇帝患之特下律　仁宗皇帝留意數十年終
無所得及上仙　太皇猶以李照胡瑗所鑄銅律置
神御前然李照以縱黍累尺與今太府其律又應古
樂而鍾磬于中太蔟是樂與律自相矛盾也胡瑗之
樂君實詳知之此不復云前歲議樂按太常鎛鍾皆
有小大輕重非一代不能爲然最大者今爲林鍾而
仲吕乃居黄鍾子位考之正差五律與前後言者相
符雖經鐫鑿尚可補治若以大小次之必得其正近又
用李照之樂則不若仲吕之愈也何則太蔟商聲宋
子京所謂君實寄於良管是也是大不可又況十二
律皆有清聲花日新撰譜與鄭衛雜糅而以薦郊廟

可平考工記世以爲漢儒所爲漢志載劉歆之說多
所牽合其亦於二書深疑之近因鬴斛考其制作不
復疑矣又知太府之尺與權衡皆古之稟於律者惟
量出於晉魏之貪政與律不合須君實面言乃悉竊
以爲論此者今世無如吾二人講求問難之多而且
久也得君實來恊同其說以破千餘年之惑爲後世
之傳則吾徒事業固亦不細矣難兄若朝夕來不敢
奉邀候歸陝歲首再訪春中却同入洛幸也劉康公
論極佳此誠非卑人之所能到然素問專主於醫非
皇帝莫能爲者某至頡昌已刋讀矣須有所得恨讀
之之晚病源乃申素問之說易爲觀覽若君實不倦
亦不可忽於身大有所益聖人之於後世如此但恐未

可焚燒鏽斛費銅炭則然亦不可銷棄恃念不宣其

再拜

增廣司馬溫公全集卷九十一

與范景仁第四書

某啟近領正月十二日書續又領所賜論醫及樂書教誨勤勤感戢無已醫書固難測素問巢源在其中最精奧誠如所諭光前書所云者非敢廢弃之也竊謂醫書治已病平心和氣治未病冀景仁既得其本則未可焚也然謂素問爲真黄帝之書則恐未可黄帝亦治天下豈可終日坐明堂但與岐伯論醫藥鍼灸耶此周漢之間醫者依託以取重耳古律既亡胡李之律生於尺房庶之律生於量皆難以定是非光

爲景仁言之孰矣今不復云權量雖聖所重又須更審法制修廢官然後行行於四方恐未可專恃以爲治也又今之權量未必合於聖人之權量也夫中和樂之本也鍾律樂之末也本巧也末規矩也雖不盡善猶能成器若規不規矩不矩雖使良工執之猶將惑焉某是以願景仁銷新鑄之龠斛不欲使傳於後世萬一有知樂者音律既合於古矣不幸得景仁之器考之而不合反以自疑曰景仁賢者豈肯作器以誤我更惑於其所學矣此某之所大懼也望景仁察之歟日來頓暄洛城花亦如錦家兄已到某未可離此景仁既許來千萬勿食言也

景仁答第四書

人來得　月十六日手書承體候已就平復不勝喜慰又云平心和氣以治未病君實之心未嘗不平其氣未嘗不和而不能治未病某竊恐所用之樂如議之樂爾醫與樂皆出於黄帝歧伯乃當時之工也聖人立法之時不可不如此周悉其書某不若虞書周漢間依記以取重者亦然也尺量權衡亦起於當時何則已有律至虞書同律尺量衡舜慮四方而此三物者不稟於律則風俗不可以統同故每歲巡於方岳下考而齊一之安得爲不恃此以爲治今之尺乃古之尺今之權衡乃古之權衡前年以古樂聲爲黄鍾長九寸三分損一爲林鍾長六寸律皆圍九分黄鍾積實得八百一十分三分損一林鍾得五百四十分

十二律皆如此率而其聲協此乃昔律之一寸以為尺豈生於㬎也與今之太府尺正同又以黃金方寸得一斤乃知大古權衡皆古法也惟量比律十三分二之大此蓋出於魏晉以來貪政也即以所制律考太常鑄鐘未位最大者乃應黃鍾子位中者應仲呂前後人言高五律者不虛矣古者十二鍾皆有大小猶十二律之有長短也猶斛斛之有輕重也以律之徑三分至斛之方尺圓其外之百三万六千八百分斛之方尺圓其外𢩐旁九釐五毫之百六十二萬分皆無差也律者樂之本也鍾鼓云乎哉蓋病後世專事鍾鼓而不知本也刑名之書謂之律者取此也五刑之屬三千其罪之大小情之輕重苟不以律則不

得其當猶無律而定樂也胡先生律圖十三分三釐八毫者八圜九分者一圜八分四釐者一圜七分九釐五毫皆一外有損益而內無損益何也爲聲之不協此也黄鍾之律短也黄鍾之律短者由以尺而生律也君實其只是一□□□懼後世待君實爲執一而不變□□所□之君實也

答景仁論樂書

某啓范朝散七來領二月二十三日及晦日兩書所云近中書去嘗得蓋十三日書即是也夫治心以中此舜禹所以相戒也治氣以養心此孟子所以養浩然者也孔子曰爵祿可辭也白刃可蹈也中庸不可能也然則中和者聖賢之所難而示諭謂光心未嘗不

平氣未嘗不和然不免於病此亦一過矣光方於古
人乃下之下者也於聖賢之道未能窺其藩籬然
亦知中和之美可以為養生作樂之本譬諸萬物皆
知天之為高日之為明莫不瞻仰而歸向之誰能跂
而及之耶鄙所以塵於左右者欲與景仁勉其學
之亦安能遽入而域邪至於景仁去冬為酒所困發
于耳發于牙是亦過中之所為也又今之尺乃古
之尺今之權衡乃古之權衡惟量比於古為律十三分
二之七此無他也由於魏晉以來貪其政出其謂尺量權
衡自秦漢以來變更多矣今之尺與權衡豈得猶是
先王之所用邪彼貪者知大其量以多取人粟豈不
知大其尺以多取人帛大其權衡以多取人金乎且

尺量權衡公私所共用也歛之以大量則給之亦以大量貸者何所得乎此則衆人共知其不然明矣黄金方寸其重一斤恐亦據今之尺與權衡言之尒唐自安史之亂雅樂工器什一不存逺於黄巢蕩無孑遺有殷盈孫者更索考工記始鑄鎛鍾十二五代用之周世宗更命王朴考正音律今以景仁律驗之在未位者巳中黄鍾則是太常鎛鍾下七律也不知何故反以爲合又景仁所謂律與龠斛之分數其未甚解豈非語其容受耶景仁亦以千二百黍爲一龠則二百四十万黍爲一斛以今斛槩之何啻今三分之二耶此皆愚所不及非面議莫能盡也向謂景仁必入洛得相與極論養生作樂之本今景仁既不

求光又不得往欝欝殊未快也

景仁復第五書

某復書曰君實足下辱手書言中和之難誠是也禮云致中和天地位焉萬物育焉言帝王中和之化行則陰陽動植之類蕃非爲一身除病而禁醫書也孟子養浩然之氣榮辱禍福之不能動其心非除病之謂也某向之病誠由飲食過中是飲食過中非中和也尺與權衡合於律惟量爲三分之大自魏晉自秦魏俱不載於書不可知也大斂之大給之亦不可知也古有什一之税而魯什一漢什五秦太半皆大斂也下必大其量是也亦恐便於用而致然尔今尺合於律權衡合於律而斛斛之輕重合於權衡尺之方深

合於量又與古樂聲正同所謂量者一律之容爲一
龠千六百四十龠爲一斛百三萬六千五百分之實
也二寸龠爲一斛百六十二萬分之實也自古至今
黄金正鉦聲者六法權衡之法不可變亦猶是也其
數鍾律與天地權衡體要於律呂量爲不稟必有自
來矣不見於樂府以疑其自鄭晉也以胡先生樂書
考之則知其律管二聲高君實不求此而襲先儒之
誤乃云某某律諸調之分者正以此也君實深於算
請自律外諸論至於權衡尺量則渙然無疑矣未位
最正者曰蕤賓也月至十一月則黄鍾位也非有
六律子位宇音曰大呂自十一日至四月仲呂位
也前所謂各立五律非謬矣太常與黄鍾正忍乘歷五孫所

為其間尺法亡以三代安得如考工記有大小輕重之法乎又云張蒼以前莫能為者君實論議不足特以漢書略之今人背書所載先儒之誤非君實誤也更詳思之

與范景仁論中和書

自四月來遞於夢得處領三書以為的便久未之報惟景仁必能察之非情慢也來書主嗣解論其確云寡學於鍾律實所不曉固不足以辨是非鄉者互相攻難聊以戲求耳今若喋喋為辯乃是笑勝而猶加爭言而競後息非其素志也且置是論至於中和為養生作樂之本此皆見於經傳非敢詭莫之胷臆不可忽也詩云呦呦鹿鳴食野之苹鹿得美草猶呼

其類共食之況君子得美道可不告其執友而共學之乎何其區區御告之勤而景仁卻之之堅曾不孰察也來示云致中和天地位焉萬物育焉言帝王中和者大則天地中則帝王下則匹夫細則昆蟲草木皆不可須臾離者也豈帝王則可行而一身則不可行邪人苟能一朝失中和則氣亂豈待已病然後除之邪夫養生用中和猶割雞用牛刀所益誠微然生非中和亦不可養也譬如寸水滌一器景仁見而責之曰夫水所以浮天載地生育萬物

景仁論中和書

君實示諭在書為皇極在礼為中庸在天為中和在人為中和天不中不和則病人人不中不和則病天此所謂天人相與之道也孔子大聖不能救周之衰孟子養浩然之氣至大至剛不能救戰国諸侯之乱何則無位也若夫閭巷之間數十百家同一日時無貧富貴賤賢不肖或病或死此所謂天病人也天病人者人病人也豈一人之身所致哉有位者之職也

君實躰孔孟之道者家君而欲天地位焉万物育焉難矣哉語曰子疾病孟子曰昨日病今日愈是病亦不能除也樂議終未見果決續附三篇皆前議闕者幸詳覽焉

与景仁再論中和書

某啓許人至得十一日所賜書具承氣躰休佳至慰至喜示諭孔子孟軻亦病凡議論者以此所有佐彼所闕以此之是變彼之非告之以忠進之以直彼當察之以公受之以虛若饋獻之相交賀弔之相資各得所求故可貴也某前獻樂議景仁已拒之今獻中和之論又一不當若墨翟守下伊之城以待勍敵使某何自而入焉夫聚財異於用兵用兵則貴必勝聚財則貴

必多人人某屢有所獻苟不克納借使某服其不勝然於景仁亦何得哉豈可徒競無窮之辭請亦置是論處暑以來天氣頓涼望慎護自愛而已

景仁再論中和書

以律生尺黄帝之法也以尺生律蔡邕及魏以来諸儒之誤也邕又謂銅律爲銅龠君實以邕及魏晉以來諸儒之誤見貺某報以黄帝之法豈非諒直而忠告者邪至若人有生而中和者有生而暴戾者生而中和得禮樂以輔道之則爲賢爲聖以至於神而不可知生而暴戾得禮樂以教訓之則爲善良爲賢才矣不得禮樂則遂爲惡人不可悛革者也至於天地位天物育要須見在位設施之如何某以所有以所

是奉獻而君實略不虛以受之遽欲置是二說二說
皆未可置必是非定乃已然後為公而不競於為彊
辭也

增廣司馬温公全集卷九十二

與范景仁第九書

來論云以中和作樂及養生之議未可置必是非有定乃止此議上有先聖下有來哲是非必有所定若但以筆舌相攻則光與景仁借令有老彭壽是非何時而定耶是以置之昨往鄉里作絶四及致知在格物二論輒敢錄呈有不合於理處更告景仁攻難無得求其是而從之勿以前不受教遂弃之也

景仁復書

皇祐中與君實官太常同議大樂阮天隱胡先生深

詆李照非是最後房庶來又言二人者亦非是何則以尺而起律也又謂王朴之樂高五律已而依庶之說令制尺律龠三種而律才下三格與李照同是時朝廷特擢庶一官罷歸庶亦自謂其言之不中然君實初與詞既非李照者近詩又言並刪史不可刊今按前史抵誤豪十條才錄七條奏呈請詳觀之於義理可刊不可刊大抵吾儕讀經史經有注釋之未安者史有說錄之害義理者或爲論或爲辯以正之所以見爲學之志而示於世注老子是也今夫樂自太祖病之太宗真宗仁宗講求之主上欲救正之列聖之所拳拳者蓋以禮樂治國之大而不可一日慢況樂之太簇爲黃鍾宮商易位哉君實今所主是前

與胡阮非之者君實前非李照今復主之豈未思之
耶王朴樂某亦同旁庶非之雖高五律君自民事物
不相干今復欲用之何可得也胡瑗所作也王朴下
半律仲更嘗言之君實已忝李昭之樂聲雖發揚文
下三律然君且民事物皆失其位不可不深念之

與范景仁第十書

聞景仁欲奏所為樂也大不可恐為累非細是非未
論式之招悔吝尚可奉所之一慎惜也區區之懇盡託
尋安有之左右願無識察此意可為景仁屈服景仁
所論為是光所論為不顧景仁上此奏也且景仁
所論果是但存之以俟後之必有施行之時何必
汲汲於今日也切切吾切也不可不可

景仁復書

義有輕重事有取捨悔文舉措輕也可捨也樂重也不可不奏前年定樂樂工有言其非昔朝廷頒行配之樂之誤不及匿名事又一救得其義與悔文不捨孰為重哉

景仁復書

郊壇設黃道午陛執政大臣及從官贊引初獻而引亞獻終獻可乎誤則百官瞻望以為何如天地神祇宗廟社稷之靈以為如何此禮之失易見者也況樂隱奧而律呂君臣自有上下次序失則又不能知而

天地神祇宗廟社稷亦見之矣以是而思不可不慎重焉

與景仁第十一書

六月中於夢得處連辱兩書自邇以通鑑欲進御結絶文字曰不暇給以是闕然久不修報計景仁雖怪之必知其非踈怠也某與景仁自皇祐中論樂迄今三十年筆舌相返前後非一今更欲竭肺肝以仰告亦止於陳言重復瑣瑣煩瀆無益於析理也然景仁今書所詰責者亦不可不敢自辨來示云某與胡阮前非李照今又復主之某曏時所上聞者正以房庶妄改漢書以就私意謂景仁不宜信而從之近日所上聞者止為景仁以太府尺即黃帝時尺恐不然耳

至於律高下素非其所習學實不曉其是非亦不知王朴胡阮之相去幾律何嘗敢有所主有所非邪此則所不敢當也來示云經有注釋之未安史有記錄之害義理者不可不正此則然也然須新義勝舊義新理勝舊理乃可奪耳至於房庶所改漢書云一黍之起積一千二百黍之廣今不成文理豈可遽改舊書邪其餘則與景仁之志殊塗而同歸景仁以禮樂爲治國之大而不可偏其豈以爲小而可慢哉景仁吹律呂考鍾磬校尺量鑄鬴斛以求先王之樂其謂先王之樂大要主於中和而已亦猶景仁謂有青赤黄白黑之異其謂主於温而已矣又謂食有酸苦甘辛酸之異謂主於飽而已矣然則景仁豈能全廢其

之說光豈敢盡不用景仁之論邪彼諸家言樂者各有十二律五音更相是非如五方之人言語不通飲食不同各謂我是而彼非孰能正之從景仁之樂視之則王朴君目民事物全不相干李照皆失其位使二人復生於今日視景仁之樂未知其去何也若欲知其直是真非必有如伶倫后夔師曠者始能用之耳今旣未有其人願景仁請以所著樂說與其書合藏之以俟後世必有知樂能辨之也某之言止於此自今景仁復以樂論相示亦不敢對也

景仁答積恭書

某與君實議樂前後幾万言不出於以尺起律以律起尺二事爲異同尔其餘則以同律記證佐而已最

先言君實以爲房庶改漢書一黍之起積一千二百
黍之廣八字某以爲漢書前言分寸尺丈引本起黃
鍾之長□言九十分黃鍾之長則八字者不可謂庶
自爲是無亦不能爲也尺量權衡皆以千二百黍在
尺則曰黃鍾之長在量則曰黃鍾之龠在權衡則曰
黃鍾之重皆千二百黍也豈獨於一龠而爲之哉文理
乎隋書諸儒之論始以一黍爲一分之說若然則黃
鍾積實一千二百分而八十一十八分者非也自蔡邕
不能知謂銅律尺爲銅龠尺黃鍾萬事根本尺量權
衡之所由者而諸儒尺至有一十五種遠今千餘年
無人是正吾儕業已留意可不爲終之乎君實以青
赤黃白黑主於溫酸苦甘辛鹹主於飽謂爲其說不

然五色者之於衣華於身而已五味者之於食適於
口而已烏取於溫飽而去乎哉則君實議樂正如是
矣王朴之樂君臣民事物全不相干以仲呂爲黃鍾
而次比之知其然也李照之樂皆失位者以太簇爲
黃鍾而次比之知其然也此非面陳不可持國約石
宗相見至時亦嘗一往以宂其說君實去必有伶倫
后夔師曠始能知之景以爲三人亦不能知何則無
律也書云律和聲禮云吹律聽軍聲傳云雖有師曠
之聰不得六律調五聲故知三人者在亦不能知之無
無律故也君實去亦諭七條或然或否不知何者爲
然何者爲否請一疏不當爲脩改其謂太府尺爲皇
帝時尺者李照之律與尺而知其然李照以太府尺

縱黍而累之一[illegible]舉於隋書之說也然其樂比其律高三律律是而樂非也何以知今之尺是皇帝特尺以皇帝之法爲律以起尺十二律內外皆有損益其數和而與古樂合以爲龠斛而其分數其輕重又與周官漢斛銘並同無毫釐之差以此知太府尺太府權衡皆皇帝時物也其法與黃帝之法同起於律也隋謂之開皇官尺歷唐以至於今者謂隋唐尺則人皆信之謂黃帝時尺則皆駭矣自隋以來至唐以及五代最爲乱世而此物不變則自秦至三代至五帝而上皇帝又何疑哉千歲之日今日是也謹此復命

又小簡

樂爲小事爲大事王朴李照胡瑗二家君實莫不使是

非具慢而小之也但看今之君臣民事物可知之往
年孫宣公馬章靖宋子京非李照樂乃召阮逸胡援
房庶今修之君實當時與胡阮同非李照者今所
用乃李照樂君實云不改何也持國大地失脚正可
以君實中和樂呼之五方之人言語不通信然至於
歌樂則一以之有戎是而彼非君實之言可全廢其之
言不可亦盡用何則蓋無不見也古人皆不到也十
二律皆有損益而亦豈不為新義勝舊義新理勝
舊理乎所恨至是未有人是之

增廣司馬温公全集卷第九十二

增廣司馬溫公全集卷九十三

樂書

景仁荅中和論

再與景仁論中和啓

景仁荅中和論

中庸曰中者天下之大本其傳曰中為大本者以其含喜怒哀樂禮之所由生政教自此出也其以為中者對外而為言也君實曰中皆不近四旁之名也指形而言之則有中有外此書以中庸為名所指者蓋德也非形也某以為心者在身之中有知而無形者也請以堂論之身形也猶堂也對外而言則舉堂

之內皆中也若以不近四旁為中則堂之中亦有中焉非所謂含藏之中乃得中之中也君實又曰喜怒哀樂之未發既謂之中則及其既發當謂之外某又以爲發者由中出者也出而中節非外而何亦何必曰外又如君實之說此書以中庸爲名指德而言則有中有和若然則經當云喜怒哀樂之未發謂之中發而皆中節謂之庸也此書雖以中庸為名至於左右其說始終其義不害旁有證援也君實不喜老莊及輔嗣之說不敢復有稱引今直以本篇義明之經曰誠者天之道誠之者人之道也誠者不勉而中不思而得從容中道聖人也誠之者擇善而固執之也故有博學審問慎思明辨之說君實又曰曷若治心

養氣專以中爲事動靜語默未嘗不在手中此正所謂擇善而固執之誠之者也至於不勉而中不思而得從容中道豈治心養氣者所能辨哉所謂誠者非別有一物也但誠其心而已矣心至於不勉不思而中道至矣譬如鍾大叩之則大鳴小叩則小鳴以其中虛也大小自外而至者也鍾豈預設小大於中而應之哉所謂過與不及者亦因時稱事而爲之中也時有異變事有異宜亦豈可預設中於心而待之也荀卿太學君實之所信也其論心不過曰虛曰靜曰定虛靜定雖非兀然如木石亦豈可形容哉孟子曰操則存捨則亡出入無時莫知其鄉其心之謂歟亦言心之无定在也書曰惟精惟一允執厥中蓋言心

能精一則信執其中也君實既以大本之中便爲無過與不及則其下豈當復云發而皆中節也經曰惟至誠爲能盡其性盡其性則能盡人之性盡人之性則盡物之性盡物之性則可以賛天地之化育然則位天地育萬物蓋聖人得位者之所能也孔子曰予欲無言天何言哉四時行焉百物生焉此聖人有其道無其位者也經之末又引子曰聲色之於化民末也詩曰德輶如毛毛猶有倫以毛爲猶有倫則又明以上天之載無聲無臭則聖人之心之德與天地參矣但可以意通而不可以形得也今夫穹然而體高蒼然而色正者天之形也雷風日月山澤爲天之用者聖人深拱法宮其迹則百官承序万物樂生究其

用蓋有不可見者矣易曰形而上者謂之道形而下者謂之器語器則自天以下皆器也語道則不可見者皆道也孟子曰大而化之之謂聖聖而不可知之謂神非立天下大本者其孰能與於斯愚故曰明乎此者其見天地聖人之心乎

再與吕原仁論中和啓

某啓辱四日所惠書誨以所未諭幸甚幸甚書文甚多援据甚廣光欵一一條對則逐枝葉而忘本根徒費紙札煩視聽而無益於進道是敢直指其大要而言之今其與秉國皆知中庸之爲至德而信之矣所未合者秉國以無形爲中光亦以無過與不及爲中此所謂同門而異户夫喜怒哀樂之未發豈有形於外

哉然於思慮則已有矣荀卿太學所謂虛靜定者非寂然無思慮也虛者不以欲惡蔽其明也靜者不以物迫亂其志也定者不以得喪易其操也中庸所謂中者動靜去爲無過與不及也二者雖皆爲治心之術其事則殊矣今秉國合爲一恐未然也周公思兼三王以施四事有不合者仰而思之夜以繼日孔子終日不食終夜不寢以思道豈得寂然無思慮哉苟惟不思不慮直情徑行雖聖人亦恐喜怒哀樂皆中節中庸所謂誠者天之道言聰明睿知天所賦也誠之者人之道言好學從諫人所爲也不勉而中不思而得從容中道謂聖德之已成也擇善而固執之博學審問慎思明辨篤行謂賢人之好學者也人一能之已

百之謂愚者之求益者也夫不歷垤埤不能登山不分江河不能至海聖人亦人耳非生而聖也雖聰明睿知過絶於人未有不好學從諫以求道之極致由賢以入於聖者也故孔子曰我非生而知之好古敏以求之也又曰吾十有五而志於學至七十然後縱心所欲不踰矩以孔子之德性猶力學五十有五年乃能成其聖況他人不學而能之乎若謂聖人生自九天必不可及則顏子何爲欲罷不能孟子何爲自比於舜哉舜戒群臣曰予違汝弼汝無面從使舜生而聖不勉而中不思而得夫又何違而何弼哉詩稱文王不聞亦式不諫亦入言真性於道處師弗煩在傳弗勤非謂不學而不諫也其前書論中已備矣恐

秉國尚未詳覽而孰察也其前書云願秉國動靜語默飲食起居皆在於中勿須臾離也久必得之矣秉國亦嘗留意味其言乎今有人饋食於吾二人者吾二人未嘗而先爭之一人曰鹹一人曰酸曷若相與共嘗則知其味矣又有饋藥於吾二人者吾二人未服而先爭之一人曰寒一人曰温曷若相與共服則知其驗矣中美食也良藥也光願与秉國強而試行之師曠曰秉燭之明孰與夜行吾二人雖老死矣繼今而學猶庶幾其有益也往來之言奚以多為

增廣司馬溫公全集卷九十四

樂書

中和論呈韓秉國與景仁

君子從學貴乎博求道貴乎要道之要在治其方寸之地而已大禹謨曰人心惟危道心惟微惟精惟一允執厥中危則難安微則難明精之所以明其微也一之所以安其危也要在執中而已故中庸有曰喜怒

哀樂未發謂之中發而皆中節謂之和君子之心於
喜怒哀樂之未發未始不存乎中故謂之中庸庸常
也以中爲常也及其既發必制之以中則無不中節
中節則和矣是故中和一物也養之以中發之以和
故曰中者天地之大本也和者天地之達道也知者
知此者也仁者守此者也禮者履此者也樂者樂此
者也政者正其不然者也刑者威其不從者也合
而言之謂之道道者聖賢之所共由也豈惟人哉天
地之所生成万物靡不由之故曰致中 和天地位焉
万物育焉孔子曰君子無終食之間違仁造次必於
是顛沛必於是故曰道不可須臾離可離非道也孔
子曰中庸之爲道也其至矣乎民鮮久矣又曰回也

其心三月不違仁其餘則日月至焉而已矣日月至焉者斯已賢矣以是觀之能久於中庸者蓋鮮矣孔子曰智者樂仁者壽蓋言夫中和者無入而不自得能無樂乎守夫中和者清明在躬志氣如神能無壽乎詩曰樂只君子邦家之基樂只君子萬壽無期又曰樂只君子邦家之光樂只君子萬壽無疆蓋言君子有中和之德則邦家安榮既樂且壽也孔子曰克己復礼爲仁蓋言者中和之法仁者中和之行故得礼斯得仁矣孔子閒居曰無聲之樂氣志不違以至於氣至既得樂記曰易直子諒之心生則樂以至於不言而信不怒而威蓋言樂以中和爲本以鍾鼓爲末也商頌曰不競不絿不剛不柔布政優優百祿是遒蓋

言政以中和爲美也大雅曰惠此中國以綏四方無縱詭隨以謹無良蓋言刑以中和爲貴也孔子曰飯蔬食飲水曲肱而枕之樂亦在其中矣又曰回也簞食一瓢不改其樂楊子曰紆朱懷金之樂也不如顔氏子之樂也内蓋言聖賢内守中和雖隱幽貧賤不失其樂也劉康公曰民受天地之中以生所謂命也能者養之以福不能者敗以取禍中庸曰大德者必得其壽蓋言君子動以中和爲節至於飲食起居咸得其宜則陰陽不能病天地不能夭雖不道引服餌不失其壽也孟子曰我善養吾浩然之氣夫志氣之帥也氣體之充也志至焉氣次焉故孟子養德以氣言之蓋能謹守中和之志不以喜怒哀樂亂其氣則志

平氣順德日新矣故曰持其志無暴其氣及夫德之成也沛然不息確然不動挺然不屈故曰至大至剛以直養而無害不有道義以充其內能如是乎故曰配義與道無是餒也凡人爲一不善能欺天下之人不能欺其心雖忍而行之於其心不能無芥蔕焉然則浩然之氣不存矣故曰行有慊於心則餒矣君子優游從容以養其氣雖不敢忽焉亦不正以爲事歉其速成故曰必有事焉而勿正心勿忘勿助長也操之則存捨之則亡亡矣而無怠然後能自得之此其所以難言也揚子曰藏心于淵美厥靈根君子存焉以虛內務應於外雖往來万變未嘗失其所守焉以百骸給而德本植焉故曰神不外也心之所至氣必輔之君子養之以

為善小人稟之以為惡故曰氣者所適善惡之馬也
君子守中和之心養中和之氣既得其樂又得其壽
夫復何求哉孔子曰狂者進取又曰吾黨之小子狂
簡斐然成章如光之謂矣雖然此皆纂述聖賢之言
非取諸胸臆也夫道猶的也射者莫不志於的其中
否則未可知也必俟有道者乃能裁之

秉國復論

中之說有二對外而為言一也無過與不及一也喜
怒哀樂之未發漠然無形及其既發然後見其中節
與不中節也故喜怒哀樂未發謂之中發而中節謂
之和人之心虛則明塞則暗虛而明則燭理而無滯
應物而不窮喜怒哀樂之發有不中節乎中節則無

過與不及矣有不和乎在易之卦虛其中曰離爲日
爲南方爲火王弼解復其見天地之心云天地以本
爲心者也雷動風行運變萬化寂然至無是其本也
春萌夏長秋落冬閉日月之行星斗之運此天地之
迹可見於外者也張宫置吏發號施令事功之修舉
民物之茂遂此聖人治天下之迹可見於外者也若
其所以迹者蓋莫得而擬議也凡物莫不有本此中
又衆本之所自出故曰大本凡物不得其節則過與
不及施於用則爲蔽塞爲睽乖爲不行爲患難此四
歡和矣茲可[illegible]一道明乎此者其見天地聖人之心乎
再[illegible][illegible]東國論中和是京仁
丁通直來[illegible]驛書[illegible]番近居安和否　言示諭前見過是京仁

書似怪論議有所不同此何言哉朋友道廢久矣光述中和論所以必欲呈秉國者正為求切磋琢磨庶幾近於是耳豈欲秉國雷同而已耶聞秉國有論光不勝其喜亟因景仁請見之何謂怪也然光至愚於秉國之論猶有所未達者請試陳之惟秉國擇焉秉國云中之說有二對外而為言一也無過與不及一也此誠如所論然中者皆不近四旁之名也指形而言之則有中有外指德而言之則有中有和此書以中為名其所指者蓋德也非形也如秉國所論則中庸應云喜怒哀樂之未發謂之中及其既發謂之外不則云喜怒哀樂之未發謂之虛發而皆中節謂之和乃相應也秉國又云虛則明塞則闇此誠如所諭

然所謂虛者非空洞無物之謂也不以好惡利害蔽其明是也夫心動物也一息之間外天沉淵周流四海固不肯流然如木石也惟賢者治之能止於一擇其所止莫如中庸故虞書曰惟精惟一允執厥中也凡人固有无喜無怒無哀无樂之時當此之際其心必有所在小人則追求嗜好靡所不之君子則處於中庸之地不動以待事也太學曰知止而後有定定而後能靜靜而後能安安而後能慮慮而後能得又曰爲人君止於仁爲人臣止於敬爲人子止於孝爲人父止於慈與國人交止於信言所各有在也荀子曰德操然後能定能定然後能應能定能應夫是之謂成人亦言有所定在於德也又曰人何以知道曰

心心何以知曰虛一而靜心未嘗不藏也然而有所謂虛不以所已藏害所將受謂之虛心未嘗不兩也然而有謂一不以夫一害此一謂之一心未嘗不動也然而有所謂靜不以夢劇亂知謂之靜然則虛者固不謂空洞無物靜者固不謂兀然如木石也允曰虛曰靜曰定云者如太學與荀卿之言則得中而近道矣如佛老之言則失中而遠道矣光所以不好佛老者正以其不得中道可言而不可行故也借使有人真能蜀居燕坐屏物弃事以求虛無寂滅心如死灰形如槁木及有物欻然來感之必未免出應之則其喜怒哀樂未必皆能中節也曷若治心養氣專以中則物雖輻湊橫至一以中待之無有不中節者矣

秉國又引王弼解復其見天地之心以謚虛無爲
衆本之所自出夫万物之有識皆去出於無旣有則
不可以無治之矣光常病輔嗣好以老莊解易恐非
易之本指未乞以爲据也輔嗣以雷動風行動交万
化爲非天地之心然則爲此者果誰耶夫雷風日月
山澤此天地所以生成万物者也若皆寂然至無則
万物何所資耶天地之有雲雷風雨猶人之有喜怒
哀樂必不能無亦不可無也故易曰雲行雨施品物
流形詩曰君子如怒亂庶遄沮君子如祉亂庶遄已
但動靜有節隱見有時不可過與不及過與不及皆
災害必得中然後和和然後能育万物也自有天地
以来陽極則陰生陰極則陽生動極則靜靜極則動

盛極則衰衰極則盛否極則泰泰極則否若循環之無端萬物莫不由之故曰一陰一陽之謂道此皆天地之心然復者陽生之卦也天地之大德曰生故聖人贊之曰復其見天地之心乎言天地之道雖一往一來本以好生爲心也易道幽深而輒敢妄爲之解其罪甚大亦不自識其是與非也抑求之空言不若驗之實事切聞秉國平日好習靜光不勝區區願秉國試輟習靜之心以爲習中之心動靜語默飲食起居皆在於中勿須臾離也久而觀其所得所失孰少孰多則秉國必自得之矣豈待光之煩言哉愚慮如此所不及者不惜更示不宣

荅李儀書

某再拜鄉者値客至不克盡談宿夕思之終未能達于儀高遠之慮故輒復布其愚悃以聞左右未審果省聽否凡足下今所欲爲義耶利耶不勝其忿苟爲試計以快志耶此三者皆未見其可也足下雖自信其心不爲利動然天下之人烏可戶曉萬一被此謗於何湔洗是弃千金之璧而得腐鼠也雖一日大官豈足羡哉某辱與足下遊最久切觀士大夫間才行具美如足下者能有幾人所以孳孳深更重惜不欲使有毫末之謗加於全德事苟上聞不可復掩朋友雖欲從而辨之亦無及矣足下何不試察其心所以區區不避譴怒竭忠相告者亦何利哉正爲賢者惜舉措而已

答程伯淳書

某昨日承問及張子厚謚倉卒奉對以漢魏以來此例甚多無不可者退而思之有所未盡竊惟子厚平生用心欲率今世之人復三代之禮者也漢魏以下蓋不足法郊特牲曰古者生無爵死無謚爵謂大夫以上也檀弓記禮所由失以謂士之有誄自縣賁父始子厚官比諸侯之大夫則已貴宜有謚矣然曾子問曰賤不誄貴幼不誄長禮也唯天子稱天以誄之諸侯相誄猶爲非禮況弟子而誄其師乎孔子之没哀公誄之不聞弟子復爲之謚也子路欲使門人爲臣孔子以爲欺天門人厚葬顔淵孔子嘆不得視猶子也君子愛人以禮今關中諸君欲謚子厚而不合

於古禮非子厚之志與其以陳文範陶靖節王文中子孟貞曜為比其尊之也曷若以孔子為比乎承開中諸君決疑於伯淳而伯淳謙遜博謀及於淺陋不敢不盡所聞而獻之以備万一惟伯淳裁擇而折衷之

答呂由庚推官手書

某再啓崇諭史院所取文字先前此亦蒙取索兩朝所上章疏光以身今尚存難將諫草內授史官但答云所上疏內多涉朝廷機密不敢輒具錄上伏乞朝廷於禁中及中書密院檢尋如有可採者乞下史院修纂今來先中丞文字又似不同子孫正當發揮前烈垂之不朽唯於慈壽乞增奉養一事恐嘗諱避其餘言時政闕失彈奏大臣等事今日不錄申史院

則先公平生事業遂汩没矣更希裁度某再啓

增廣司馬温公全集卷第九十四